Prestigio

Rachel Cusk
Prestigio

Traducción de Catalina Martínez Muñoz

Libros del Asteroide

Primera edición, 2018
Segunda edición, 2019
Título original: *Kudos*

© de la traducción, Catalina Martínez Muñoz, 2018
© de esta edición, Libros del Asteroide S.L.U.

Fotografía de la autora: © Siemon Scamell-Katz
Imagen de la cubierta: © studiocasper/iStock

Publicado por Libros del Asteroide S.L.U.
Avió Plus Ultra, 23
08017 Barcelona
España
www.librosdelasteroide.com

ISBN: 978-84-17007-58-4
Depósito legal: B. 20.087-2018
Impreso por Liberdúplex
Impreso en España - Printed in Spain
Diseño de colección: Enric Jardí
Diseño de cubierta: Duró

Este libro ha sido impreso con un papel ahuesado,
neutro y satinado de ochenta gramos, procedente de bosques
correctamente gestionados y con celulosa 100 % libre de cloro,
y ha sido compaginado con la tipografía Sabon en cuerpo 11.

We acknowledge the support of the Canada Council for
the Arts for this translation.

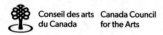

Conseil des arts   Canada Council
du Canada   for the Arts

Ella se levantó y se fue.
¿No debería haberlo hecho? ¿No haber
      hecho qué?
Levantarse y marcharse.

Sí, creo que sí,
porque estaba empezando a oscurecer.

¿A qué? A oscurecer. Bueno,
aún quedaba algo
de luz del día cuando se marchó, en fin,
la suficiente para ver el camino.
Y era su última oportunidad de poder...
¿De poder?... Levantarse y marcharse.
Era la última, la definitiva,
porque después ya no habría podido
levantarse y marcharse.

           STEVIE SMITH, «Ella se levantó y se fue»

El pasajero que iba a mi lado en el avión era tan alto que no cabía en el sitio. Se le salían los codos del reposabrazos y tenía las rodillas encajadas en el respaldo del asiento delantero, de manera que cada vez que intentaba moverse la persona que iba sentada delante se volvía a mirar con fastidio. Al retorcerse para cruzar y descruzar las piernas dio un puntapié sin querer al pasajero de su derecha.

—Perdón —se disculpó.

Se quedó un rato quieto, respirando profundamente por la nariz y con las manos apretadas encima de las rodillas, pero no tardó en impacientarse y, al mover las piernas de nuevo, sacudió toda la hilera de asientos de delante. Al final le pregunté si quería cambiar de sitio, porque el mío era el del pasillo, y aceptó a la primera, como si le hubiera ofrecido una oportunidad de negocio.

—Normalmente viajo en primera —me explicó mientras nos levantábamos para cambiar de asiento—. Hay mucho más espacio para las piernas.

Estiró las piernas en el pasillo y reclinó la cabeza en el respaldo con un gesto de alivio.

—Muchas gracias —dijo.

El avión empezó a avanzar despacio por el asfalto. Mi vecino suspiró con satisfacción y pareció que se quedaba dormido casi al instante. Una azafata que venía por el pasillo se detuvo al encontrarse con sus piernas.

—¿Señor? —dijo—. ¿Señor?

Se despertó sobresaltado y recogió torpemente las piernas en el hueco estrecho para dejar paso a la azafata. Por la ventanilla se veía una cola de aviones que esperaba su turno. Mi vecino empezó a dar cabezadas y de nuevo volvió a estirar las piernas en el pasillo. La azafata apareció enseguida.

—¿Señor? Tenemos que dejar el pasillo libre para el despegue.

El pasajero se irguió en el asiento.

—Lo siento —dijo.

La azafata se alejó y mi compañero empezó a cabecear poco a poco. La bruma suspendida sobre el paisaje plano y gris se fundía con el cielo nublado en bandas horizontales de variaciones tan sutiles que casi parecía el mar. Un hombre y una mujer iban hablando en los asientos delanteros. Es muy triste, dijo ella, y él respondió con un gruñido. Es tristísimo, repitió la mujer. Se oyeron pisadas fuertes en el pasillo alfombrado, y enseguida apareció la azafata. Puso la mano en el hombro de mi vecino y lo zarandeó.

—Me temo que tengo que pedirle que aparte las piernas.

—Lo siento. Parece que no puedo aguantar despierto.

—Pues voy a tener que pedirle que lo haga.

—Es que anoche no me acosté.

—Me temo que ese no es mi problema —contestó

ella—. Si bloquea el pasillo, pone en peligro a los demás pasajeros.

Mi vecino se frotó la cara y cambió de posición. Sacó el móvil, le echó un vistazo y volvió a guardárselo en el bolsillo. La azafata esperó unos momentos, observándolo. Por fin decidió marcharse, convencida de que esta vez él obedecía de verdad. Mi vecino movió la cabeza y puso un gesto de incredulidad dirigido a un público invisible. Tenía algo más de cuarenta años, una cara atractiva y corriente al mismo tiempo, y vestía el atuendo limpio, bien planchado y neutro de un hombre de negocios en fin de semana. Llevaba un reloj de plata muy grande y unos zapatos de cuero como recién estrenados. Irradiaba una especie de masculinidad anónima y ligeramente provisional, como un soldado de uniforme. El avión había avanzado a trompicones en la cola y en ese momento se acercaba despacio a la pista de despegue, trazando un arco amplio. La bruma se había convertido en lluvia y las gotas resbalaban por el cristal de la ventanilla.

Mi vecino dirigió una mirada de agotamiento al asfalto reluciente. El clamor de los motores cobraba cada vez más fuerza, y el avión por fin aceleró vertiginosamente, levantó el morro para despegar y atravesó con estruendo las capas de nubes densas y acolchadas. La retícula verde oscura de los campos, con sus casas como bloques y sus árboles acurrucados, apareció unos momentos entre los esporádicos jirones grises antes de que estos se cerraran por completo. Mi vecino suspiró una vez más y pronto volvió a quedarse dormido, con la cabeza apoyada en el pecho. Las luces de la cabina parpadearon y un murmullo de actividad envolvió el avión. La azafata no tardó en volver a nuestra fila, donde el pasajero dormido había vuelto a estirar las piernas en el pasillo.

—¿Señor? —dijo—. Disculpe. ¿Señor?

Él levantó la cabeza y miró alrededor desorientado. Al ver a la azafata, que se había parado con el carrito, retiró las piernas despacio y con esfuerzo para dejar el paso libre.

Ella lo miró apretando los labios y levantando las cejas.

—Gracias —dijo, sin disimular apenas su sarcasmo.

—No es culpa mía —contestó el pasajero.

La azafata se quedó un momento mirando a mi vecino con una expresión fría en los ojos maquillados.

—Solo intento hacer mi trabajo —señaló.

—Ya lo sé. No es culpa mía que los asientos estén tan juntos —respondió él.

Se miraron unos segundos sin decir nada.

—Eso tendrá que hablarlo con la compañía —replicó la azafata.

—Lo estoy hablando con usted.

La azafata cruzó los brazos y levantó la barbilla.

—Casi siempre viajo en *business* y normalmente no tengo problemas —dijo el pasajero.

—No ofrecemos clase *business* en este vuelo. Pero hay muchas compañías que sí lo hacen.

—¿Me está sugiriendo que vuele con otra empresa?

—Eso es.

—Genial. Muchas gracias.

Y soltó una carcajada amarga cuando ella ya se marchaba. Estuvo un rato sonriendo con afectación, como quien sale por error a un escenario, y luego, para disimular su sensación de vergüenza, se volvió hacia mí y me preguntó el motivo de mi viaje a Europa.

Dije que era escritora y que iba a participar en un festival literario.

Adoptó al momento una expresión de interés cortés.

—Mi mujer es una gran lectora —dijo—. Pertenece a uno de esos clubs de lectura.

Hubo un silencio.

—¿Qué tipo de cosas escribe? —me preguntó al cabo de un rato.

Dije que era difícil de explicar, y asintió con la cabeza. Empezó a darse golpecitos con los dedos en los muslos y a marcar un ritmo deshilvanado con los zapatos en la alfombra. Movió la cabeza a un lado y a otro y se la frotó enérgicamente con los dedos.

—Si no hablo volveré a quedarme dormido —dijo.

Hizo este comentario con pragmatismo, como si estuviera acostumbrado a resolver problemas a expensas de los sentimientos de los demás; pero me volví a mirarlo y me sorprendió su gesto de súplica. Tenía el borde de los párpados enrojecido, las córneas amarillas y el pelo de punta en la zona donde se había frotado.

—Por lo visto, antes de despegar reducen el nivel de oxígeno en la cabina para adormecer a la gente —me explicó—. Así que no deberían quejarse cuando da resultado. Tengo un amigo que pilota estas máquinas. Fue él quien me lo contó.

Lo raro de este amigo, siguió diciendo, era que a pesar de su profesión era un ecologista acérrimo. Tenía un coche eléctrico, diminuto, y en su casa todo funcionaba con placas solares y molinos de viento.

—Cuando viene a cenar a nuestra casa —dijo—, se va a los contenedores mientras los demás se emborrachan, a clasificar los envoltorios de la comida y las botellas vacías. Y su idea de las vacaciones perfectas consiste en coger los bártulos, subir a una montaña de Gales y pasarse dos semanas metido en una tienda de campaña bajo la lluvia, hablando con las ovejas.

Pero el mismo hombre se ponía el uniforme a diario, subía a la cabina de mando de una máquina de cincuenta toneladas que vomitaba humo a chorros y pilotaba un avión lleno de borrachos que iban de vacaciones a las islas Canarias. Costaba imaginar una ruta peor, pero su amigo llevaba años haciéndola. Trabajaba para una línea de bajo coste que recortaba brutalmente los gastos, y, por lo visto, los pasajeros se comportaban como animales de zoo. Se los llevaba de color blanco y los traía de color naranja, y aunque ganaba menos que nadie en su círculo de amigos, donaba la mitad de sus ingresos a causas benéficas.

—El caso es que es un tipo estupendo —añadió mi vecino con perplejidad—. Lo conozco desde hace muchos años, y casi da la impresión de que cuanto peor se ponen las cosas mejor se vuelve él. Una vez me contó que en la cabina de mando tienen una pantalla para vigilar lo que pasa en el avión. Me dijo que al principio no soportaba mirarla, porque era de lo más deprimente ver la conducta de los pasajeros. Pero al cabo de un tiempo empezó a obsesionarse con eso. Se ha pasado cientos de horas mirando esa pantalla. Dice que es como una especie de meditación. Aun así, yo no soportaría trabajar en ese mundo. Lo primero que hice cuando me jubilé fue cortar en pedazos mi tarjeta de puntos aéreos. Juré que no volvería a subirme a uno de estos chismes.

Le dije que parecía muy joven para estar jubilado.

—Tenía una hoja de cálculo en el ordenador que se llamaba «Libertad» —dijo, con una sonrisa sesgada—. Eran simples columnas de números que debía ir sumando hasta alcanzar una cantidad determinada, y entonces podría dejarlo.

Había sido director de una compañía internacional de gestión, dijo, un trabajo que le obligaba a estar siempre fuera de casa. No era raro para él, por ejemplo, viajar a Asia, América del Norte y Australia en un plazo de dos semanas. Una vez fue a una reunión a Sudáfrica y volvió directamente en cuanto terminó el encuentro. Varias veces había calculado con su mujer el punto medio entre dos destinos para pasar unos días de vacaciones juntos. Y, en otra ocasión, cuando iban a fusionarse las sucursales de Asia y Australia, y él tuvo que encargarse de supervisar el proceso, había estado tres meses sin ver a sus hijos. Empezó a trabajar a los dieciocho años, ahora tenía cuarenta y seis, y esperaba disponer de tiempo suficiente para pasar el resto de su vida haciendo justamente lo contrario. Tenía una casa en Cotswolds que apenas había podido pisar, y un garaje lleno de bicis, esquís y material deportivo casi sin estrenar; se había pasado dos décadas sin decir poco más que hola y adiós a su familia y sus amigos, porque siempre estaba a punto de salir de viaje y tenía que prepararse y acostarse temprano, o porque volvía agotado. En alguna parte había leído algo sobre un método de castigo medieval que consistía en encarcelar al prisionero en un espacio diseñado de manera que no pudiera estirar las extremidades en ninguna dirección, y, aunque se ponía a sudar solo de pensarlo, eso resumía bastante bien la vida que había llevado.

Le pregunté si librarse de esa prisión había estado a la

altura del título de su hoja de cálculo.

—Es curioso que diga eso —contestó—, porque desde que dejé de trabajar no paro de discutir con todo el mundo. Mis hijos se quejan de que intento controlarlos, ahora que estoy todo el tiempo en casa. No han llegado a decir que les gustaría que las cosas volvieran a ser como antes, pero sé que lo piensan.

Le parecía increíble, por ejemplo, lo tarde que se levantaban. A lo largo de todos esos años, cuando salía de casa antes de que amaneciera, la imagen de sus hijos dormidos en la oscuridad le hacía sentirse útil y protector. Si hubiera sabido lo vagos que eran, probablemente no lo habría visto de la misma manera. A veces no se levantaban hasta la hora de comer. Había empezado a entrar en los dormitorios para abrir las cortinas, como hacía su padre todas las mañanas cuando él era joven, y le asombraba la hostilidad con que reaccionaban sus hijos. Había tratado de programar sus comidas —descubrió que todos comían a distintas horas del día— y establecer una rutina de ejercicio, e intentaba convencerse de que la magnitud de la rebelión que estas medidas provocaban era precisamente la prueba de su necesidad.

—Paso mucho tiempo hablando con la asistenta —dijo—. Llega a las ocho. Dice que lleva años lidiando con situaciones parecidas.

Me contó todo esto avergonzado, con una confianza tan natural que me di cuenta de que hablaba para entretener y no para provocar consternación. Una sonrisa de reproche jugueteó en sus labios, que al abrirse mostraron una hilera de dientes blancos, fuertes y uniformes. Se había animado mientras hablaba y había cambiado el gesto de desesperación y los ojos de loco por la máscara del narrador brillante. Tuve la sensación de que no era la primera vez que contaba estas cosas y de que le gustaba contarlas, como si hubiera descubierto el poder y el placer de revivir los acontecimientos desprovistos de su aguijón. Vi que su habilidad consistía en acercarse lo más posible a lo que parecía verdad sin permitir que su interlocutor llegara a sentirse abrumado por las emociones que pudiera inspirarle.

Le pregunté cómo era que había vuelto a subir a un avión, después de aquel juramento.

Sonrió de nuevo, ligeramente avergonzado, y se pasó la mano por el pelo castaño y fino.

—Mi hija actúa en un festival de música —dijo—. Está en la orquesta del colegio. Toca el... oboe.

El plan era hacer el viaje con su mujer y los chicos el día anterior, pero el perro se puso malo y tuvo que dejarles que se fueran sin él. Por ridículo que pudiera parecer, el perro era probablemente el miembro más importante de la familia. Añadió que se había pasado la noche en vela, cuidando de él, y después se había ido directo al aeropuerto.

—Si le soy sincero, no debería haberme puesto al volante —murmuró, apoyando el codo en el reposabrazos de mi asiento—. Casi no veía nada. Pasaba por delante de esos carteles en la carretera, esos que repiten continuamente lo mismo, y al final empecé a pensar que los habían puesto expresamente para mí. Ya sabe cuáles digo: están en todas partes. Tardé una eternidad en descifrar qué querían decir. Hasta pensé —dijo, con su sonrisa avergonzada— si me estaba volviendo loco de verdad. No entendía quién los había elegido ni por qué. Me parecía que se dirigían a mí personalmente. Naturalmente, leo periódicos, pero estoy un poco desfasado desde que no trabajo.

Le dije que era cierto que todos, en privado, nos hacíamos con frecuencia la pregunta de si irnos o quedarnos, hasta el punto de que casi se podía decir que ese era el núcleo esencial de la libre determinación. Quien no conociera la situación política de nuestro país podía creer que lo que estaba presenciando no eran las intrigas de la democracia, sino la rendición definitiva de la conciencia personal al dominio público.

—Lo curioso es que tenía la sensación de que llevaba haciéndome esa pregunta desde que tengo memoria —dijo.

Le pregunté qué le había pasado al perro.

Al principio pareció desconcertado, como si no supiera de qué perro le hablaba. Luego arrugó la frente, hizo un puchero y soltó un suspiro hondo.

—Es una historia un poco larga —respondió.

El perro se llamaba Pilot y era muy mayor, aunque a primera vista no lo pareciera. Su mujer y él tenían a Pilot desde poco después de casarse. Se compraron una casa en el campo, y les pareció el sitio perfecto para tener un perro. Pilot era un cachorrito, pero ya entonces tenía unas zarpas enormes: aunque sabían que esa raza podía llegar a ser muy grande, no esperaban que Pilot alcanzara un tamaño tan descomunal. Cuando pensaban que ya no podía seguir creciendo, el perro daba otro estirón. A veces hasta les hacía gracia lo desproporcionadamente pequeño que parecía todo a su lado: su casa, su coche, incluso ellos.

—Yo soy mucho más alto de lo normal —añadió—, y a veces uno se cansa de ser más alto que los demás. Pero al lado de Pilot me sentía normal.

Como su mujer estaba entonces embarazada de su primer hijo, fue él quien hizo de Pilot su proyecto personal: en aquella época no tenía que viajar tanto, y pasó varios meses dedicando la mayor parte de su tiempo libre a entrenar a Pilot, sacándolo a pasear por el monte y modelando su carácter. Nunca lo mimaba ni le consentía nada; lo entrenaba sin descanso y le daba muy pocas recompensas, y un día que Pilot, cuando aún era joven, se puso a perseguir a un rebaño de ovejas, le zurró con tanta severidad y tanta determinación que él mismo se sorprendió. Generalmente cuidaba mucho su comportamiento cuando estaba delante de Pilot, como si el perro fuera humano, y lo cierto es que cuando alcanzó la madurez el animal tenía una inteligencia extraordinaria, además de un ladrido feroz y un cuerpo gigantesco y musculoso. Trataba a la familia con una sensibilidad y una consideración que asombraban sinceramente a los extraños, aunque ellos se habían acostumbrado con el tiempo. Por ejemplo, el año anterior, cuando su hijo estuvo muy enfermo de neumonía, Pilot se pasaba el día y la noche sentado a la puerta de su dormitorio e iba a buscarlos automáticamente si el niño pedía algo. También se sincronizaba, casi como un espejo, con los episodios de depresión periódicos de su hija, de los que a veces solo se daban cuenta porque Pilot se volvía taciturno y retraído. Pero cuando un desconocido llamaba a la puerta, Pilot se transformaba en un guardián implacable. Quienes no lo conocían le tenían pánico, y con razón, porque no habría dudado en matarlos si representaban una amenaza para cualquier miembro de la familia.

Cuando Pilot tenía tres o cuatro años, continuó mi vecino, fue cuando se produjo el mayor salto en su carrera profesional y empezó a pasar largas temporadas fuera de casa, pero tenía la sensación de que podía marcharse tranquilo, sabiendo que su familia estaría a salvo durante su ausencia. A veces, dijo, mientras estaba fuera, pensaba en el perro y casi se sentía más cerca de él que de ningún otro ser humano. Por eso no podía dejarlo solo en aquel momento de necesidad, a pesar de que su hija era la solista del concierto y llevaba semanas ensayando. El concierto formaba parte de un festival internacional y se esperaba mucho público: era una oportunidad magnífica. Pero Betsy no quería perder de vista a Pilot. Le había costado una barbaridad convencerla de que se fuera tranquila: como si no le creyera capaz de cuidar de su propio perro.

Le pregunté qué obra iba a interpretar su hija y volvió a frotarse la cabeza.

—No lo sé exactamente —contestó—. Su madre evidentemente lo sabría.

En realidad no se había dado cuenta de que su hija tocaba tan bien el oboe, añadió. Había empezado a dar clases a los seis o siete años, y, francamente, siempre sonaba fatal, tanto que tuvo que pedirle que ensayara en su habitación. El chirrido le daba dentera, sobre todo después de un viaje largo. Cuando intentaba dormir para compensar el *jet lag* y oía aquel sonido insinuante y aflautado detrás de la puerta cerrada, le sacaba de quicio. Un par de veces se había preguntado si Betsy no lo haría para fastidiarle, aunque por lo visto practicaba igual cuando él no estaba en casa. Alguna vez, incluso había llegado a sugerirle que quizá fuera mejor para su salud practicar menos y dedicar más tiempo a otras cosas, pero su opinión se topó con el mismo desprecio que sus intentos por imponer disciplina en los horarios de la familia. Y, sinceramente, cuando su hija le preguntaba qué creía que tenía que hacer con su tiempo, a él solo se le ocurrían las cosas que él hacía cuando tenía la misma edad —socializar y ver la tele— y que en cierto modo le parecían más normales. En su opinión, casi nada en Betsy era normal. Por ejemplo, padecía de insomnio: ¿qué porcentaje de niñas de catorce años no pueden dormir? En vez de cenar, se ponía delante de los armarios de la cocina y se tomaba los cereales secos, a puñados, directamente de la caja. Nunca salía de casa y, como su madre la llevaba en coche a todas partes, rara vez andaba. Le habían dicho que cuando él no estaba en casa era Betsy quien sacaba a Pilot todos los días, pero como nunca lo había visto le costaba creerlo. Llegó un punto en que empezó a pensar si su hija se iría de casa alguna vez o si tendrían que mantenerla eternamente, como una especie de experimento fallido.

Luego, una noche que Betsy iba a tocar en un concierto del colegio, fue a verla con su mujer, y se sentó en el auditorio con los demás padres, apretujado en una silla pequeña y convencido de que se aburriría como una ostra. Se encendieron las luces, y delante de la orquesta apareció una chica a la que tardó un buen rato en reconocer como Betsy. Para empezar parecía mucho mayor; pero había algo más, algo que le produjo un alivio extraordinario: tal vez fuera que Betsy no daba la impresión de necesitarlo ni de reprocharle los problemas de su existencia. Y, cuando por fin aceptó que era ella, lo que sintió fue un miedo aterrador. Estaba totalmente seguro de que Betsy iba a pasarlo mal, y se aferró a la mano de su mujer, creyendo que ella sentía lo mismo. El director salió al escenario, vestido con unos vaqueros negros y un polo negro, y él se predispuso de inmediato para que aquel hombre le cayera mal. La orquesta empezó a tocar y Betsy se sumó poco después. Se fijó en lo atenta que estaba al director y en cómo respondía a la más leve señal que este le hiciera, asintiendo con la cabeza y llevándose el instrumento a los labios sin parpadear. Nunca había creído a su hija capaz de semejante hazaña de intimidad y obediencia, porque ni siquiera era capaz de convencerla para que se sirviera los cereales en un cuenco. Solo después de unos minutos consiguió conectar un poco más con el sonido sinuoso y mágico de aquel instrumento: había ido a los conciertos suficientes para reconocer que aquel oboe era fascinante, hipnótico, y por fin consiguió escuchar de verdad. Lo que oyó le hizo soltar tal cantidad de lágrimas que la gente se volvía a mirarlo. Después, Betsy le dijo que lo había visto llorar desde el escenario, por lo alto que era, y que le había dado mucha vergüenza.

Le pregunté por qué creía que había llorado, y de pronto puso un gesto muy triste con los labios y trató de ocultarlo con una mano grande.

—Sinceramente, supongo que siempre me ha preocupado que a Betsy le pasara algo raro.

Le contesté que a la gente normalmente le resultaba más fácil pensar eso de sus hijos que de sí misma, y me miró un momento como si considerara en serio esta teoría, antes de negar enérgicamente con la cabeza.

Betsy era distinta de los demás desde muy pequeña, dijo, y no en el buen sentido. Era increíblemente neurótica: cuando iban a la playa, por ejemplo, no soportaba tocar la arena con los pies, y tenían que llevarla en brazos a todas partes. No soportaba el sonido de ciertas palabras, y cuando alguien las decía, empezaba a gritar y se tapaba los oídos. La lista de cosas que no comía, y sus correspondientes razones, era tan larga que no había forma de llevar la cuenta. Era alérgica a todo, se ponía mala continuamente y además tenía insomnio, como ya había dicho. A veces, su mujer y él se despertaban a media noche y veían a su hija a los pies de la cama, como un fantasma en camisón, mirándolos fijamente. Cuando se hizo mayor, el problema más grave de todos era su extraordinaria sensibilidad a lo que ella llamaba «mentiras», aunque a él le parecían las convenciones y las pautas de conversación normales entre adultos. Betsy afirmaba que la mayoría de las cosas que decía la gente eran falsas, hipócritas, y cuando él le preguntaba cómo podía saberlo, contestaba que lo sabía por el sonido. Como ya había dicho, el sonido de ciertas palabras le resultaba insoportable desde muy pequeña, pero cuando creció y empezó a ir al colegio, el problema se agravó en lugar de atenuarse. La cambiaron a un colegio especial, pero Betsy seguía complicando un poco las relaciones familiares y sociales cuando se marchaba corriendo y apretándose las orejas con las manos porque una de sus invitadas había dicho que estaba tan llena que no podía tomar postre, o que el negocio iba disparado a pesar de la mala situación económica. Su mujer y él se esforzaron mucho por comprender a su hija, hasta el punto de que cuando se quedaban hablando, después de que los niños se hubieran ido a la cama, intentaban inculcarse la sensibilidad de Betsy, estaban muy atentos para detectar la falsedad de las frases del otro, y terminaron por descubrir que era cierto, que buena parte de lo que uno decía en realidad seguía un guion estereotipado y cuando uno se paraba a pensarlo bien terminaba por reconocer que muchas veces no llegaba a expresar lo que realmente sentía. De todos modos, Betsy los sacaba de quicio muy a menudo, y cuando empezó a notar que su mujer estaba cada vez más callada creyó que era por culpa de su hija, que había convertido la comunicación en un campo de minas, y a la vista de eso era más fácil no decir nada de nada.

Quizá por eso —porque no podía hablar y, por tanto, mentir—, Betsy sentía por Pilot una adoración tan desmedida que a veces lo desconcertaba. No hacía mucho había ocurrido un incidente que lo llevó a cuestionarse, por primera vez, la definición de verdad de su hija y su tiranía en cuestión narrativa. Salió con ella a pasear a Pilot, y el perro se escapó de repente. Estaban en los terrenos de una mansión y, al parecer, él no se dio cuenta de que allí había ciervos y no podía dejar a Pilot suelto. Normalmente el perro obedecía ciegamente cuando había ganado cerca, pero esa vez se comportó de un modo completamente impropio de su carácter. Iba andando tranquilamente con ellos y, en un segundo, desapareció.

—No se imagina la velocidad que alcanzaba ese animal —dijo—. Era un perro enorme y, si le daba por correr, no había forma de cogerlo. Simplemente alargó la zancada y cambió de marcha. Antes de que nos diéramos cuenta estaba a cincuenta metros de nosotros, y nos quedamos parados, viendo cómo volaba por el parque. Los ciervos salieron en estampida al verlo, aunque ya casi no tenían tiempo de escapar. Había cientos de ciervos. No sé si habrá visto alguna vez algo parecido, pero es un espectáculo maravilloso, por horrible que parezca. Corrían como una corriente de agua. Los vimos derramarse por el parque, con Pilot pisándoles los talones, y a pesar de la situación yo estaba casi hipnotizado por lo que veía. Empezaron a girar y a volver sobre sus pasos formando un ocho enorme mientras Pilot los perseguía, aunque en realidad daba la sensación de que los estaba guiando, obligándolos a dibujar cierta forma que tenía en la cabeza. Siguieron así unos cinco minutos, dando vueltas y trazando esas líneas amplias y fluidas, hasta que pareció como si Pilot se aburriera de pronto, o decidiera que ya era hora de terminar. Sin el menor esfuerzo, duplicó la velocidad, atravesó el cuerpo del rebaño, escogió a uno de los cervatos y lo abatió. Una mujer que estaba cerca de nosotros se puso a gritar y a decir que iba a denunciarnos, que se encargaría de que alguien viniese a matar al perro, y yo estaba intentando tranquilizarla cuando de repente oímos un ruido por detrás y vimos que Betsy se había desmayado. Estaba tirada en la hierba, rígida y sangrando por la cabeza, porque se había dado contra una piedra al caer. Sinceramente, creí que estaba muerta. Pilot se había adentrado para entonces en el bosque, y la mujer estaba tan preocupada por Betsy que se olvidó de matar al perro, me ayudó a llevar a Betsy al coche y nos acompañó al hospital. Betsy estaba bien, claro.

Soltó una carcajada triste y movió la cabeza.

Le pregunté qué había pasado con el perro.

—Ah, volvió esa noche —dijo—. Oí que estaba en la puerta y cuando fui a abrir no entró; se quedó fuera, mirándome. Venía completamente sucio y cubierto de sangre y sabía lo que se le venía encima. Lo esperaba. Pero a mí no me gustaba pegarle —dijo con pena—. Solo he tenido que hacerlo dos o tres veces en la vida. Los dos sabíamos que de no haber sido por eso nunca habría llegado a ser como era. Pero Betsy se negaba a perdonarlo por lo que había hecho. Estuvo varias semanas sin tocarlo y sin hablar con él. A mí tampoco me hablaba. Simplemente, no era capaz de entenderlo. Le dije: Oye, a un perro no se le educa enfadándose con él y poniéndose de mal humor. Así solo consigues que se vuelva ladino y falso. Y sabes que si te sientes segura cuando yo no estoy en casa es porque tienes claro que, si alguien intentara hacerte daño, Pilot le haría lo que le ha hecho a ese ciervo. Puede sentarse a tu lado en el sofá, traerte lo que le pides y tumbarse a los pies de tu cama cuando estás enferma, pero si un desconocido llama a la puerta, está dispuesto a matarlo si es necesario. Es un animal, le dije, y necesita disciplina, mientras que si le impones tu sensibilidad estás interfiriendo en su naturaleza.

Mi compañero se quedó un rato callado, con la barbilla alta, mirando el pasillo gris donde la azafata seguía empujando el carrito entre el mar de pasajeros. Se volvía a derecha e izquierda, doblando la cintura sobre las hileras de asientos, con las comisuras de los ojos y los labios levantadas y tan bien perfiladas que casi parecían talladas a propósito en sus facciones suaves y ovaladas. Sus movimientos automáticos resultaban fascinantes, y me pareció que mi vecino se quedaba adormilado observándola. Al cabo de un rato, se le empezó a caer la cabeza, hasta que dio una cabezada tan fuerte que se enderezó con una sacudida.

—Perdón —dijo.

Se frotó la cara enérgicamente, me dirigió una mirada rápida y luego se quedó un rato mirando por la ventanilla y respirando hondo por la nariz, hasta que me preguntó si ya conocía esa parte de Europa.

Le dije que había estado solo una vez, hacía años, con mi hijo. Él estaba pasando un momento difícil y se me ocurrió que quizá le sentaría bien un viaje. Pero en el último momento decidí llevar también a otro chico, el hijo de una amiga mía. Mi amiga estaba enferma, iban a ingresarla en el hospital, y pensé que era una manera de echarle una mano. Los chicos no se llevaban demasiado bien, y, como el hijo de mi amiga necesitaba muchísima atención, si mi hijo esperaba tenerme para él solo durante unos días, al final no fue así. Había una exposición que yo tenía muchas ganas de ver y, una mañana, los convencí a los dos para que vinieran conmigo al museo. Se me ocurrió que podíamos ir andando, pero calculé mal la distancia y terminamos haciendo varios kilómetros por una especie de carretera mientras llovía a cántaros. Resultó que el hijo de mi amiga nunca iba a museos ni le interesaba el arte, así que empezó a ponerse impertinente, los vigilantes le llamaron la atención y al final le pidieron que se fuera. El caso es que terminé sentada con él en la cafetería, empapada, mientras mi hijo veía la exposición solo. Tardó casi una hora en salir, y cuando vino me describió todo lo que había visto. Yo no sabía si era posible asignar un valor definitivo a la experiencia de la maternidad, llegar a verla alguna vez en su totalidad, pero ese rato que pasamos en la cafetería, mientras él me hablaba de la exposición, fue un momento de gracia. Una de las obras era una caja de madera gigantesca en la que el artista había recreado su estudio a tamaño natural. Lo tenía todo —muebles, ropa, máquina de escribir, montones de papeles y de libros abiertos encima de la mesa, y tazas de café sucias—, pero había invertido el espacio de manera que el suelo era el techo y toda la habitación estaba del revés. A mi hijo le había impresionado especialmente aquella habitación invertida, a la que se entraba por una puerta pequeña, y se quedó mucho tiempo allí dentro. A veces, dije, años después, me he acordado de la descripción que me hizo ese día y me lo he imaginado sentado en esa caja, en un mundo que contiene exactamente los mismos elementos pero es lo contrario de lo que esperamos.

Mi vecino me estaba escuchando con una leve expresión de perplejidad.

—¿Y luego se hizo artista? —preguntó, como si esa fuera la única explicación posible para que yo le estuviera contando esas cosas.

Le dije que en otoño empezaba la universidad. Iba a estudiar Historia del Arte.

—Ah, muy bien —y asintió con la cabeza.

Su hijo, me contó, era muy estudioso, mucho más que Betsy. Quería ser veterinario. Tenía la habitación llena de bichos raros: una chinchilla, una serpiente y un par de ratas. Tenían un amigo veterinario, y el chico se pasaba casi todos los fines de semana en su clínica. De hecho, fue él quien se dio cuenta de que a Pilot le pasaba algo. El perro llevaba un par de semanas muy callado y apagado. Lo achacaron a los años, pero una noche, cuando su hijo estaba acariciando a Pilot, notó que tenía un bulto en un costado. Un par de días después, aprovechando que su mujer estaba fuera y los niños en el colegio, llevó a Pilot a su amigo el veterinario, sin pensar que tuviera nada grave. Su amigo lo examinó y dijo que tenía cáncer.

Mi vecino se quedó callado y volvió a mirar por la ventanilla.

—La verdad es que no sabía que los perros pudieran tener cáncer —continuó—. Nunca había pensado cómo moriría Pilot. Le pregunté a mi amigo si podía operarlo y me dijo que no serviría de nada: era demasiado tarde. Así que le dio unas pastillas para el dolor y volví con el perro a casa. En el camino de vuelta fui todo el rato viendo a Pilot como cuando era joven y fuerte. Pensé en todos los años que se había quedado en casa, mientras yo me pasaba semanas fuera, y me pareció significativo que empezara a marchitarse justo ahora que yo me había retirado. Lo que más temía era contárselo a mi familia, porque sinceramente no estoy seguro de que no prefieran a Pilot antes que a mí. Empecé a sentir que mi presencia en casa lo había estropeado todo. Antes, cuando no estaba, todos parecían felices, y ahora mi mujer y yo nos pasamos el día discutiendo y los chicos gritando y dando portazos. Yo era la causa de que el perro hubiera enfermado, porque hasta ese momento no había dado muestras de tener una sola debilidad. Se lo conté de todos modos, aunque reconozco que adorné un poco la historia para quitarle gravedad. Habíamos decidido dejarlo en un hotel para perros mientras nos íbamos de viaje, pero yo sabía que Pilot no lo resistiría, así que les dije que se fueran sin mí. Todos sospechaban algo. Me hicieron prometer que les llamaría por teléfono si Pilot empeoraba, para que pudieran volver. Incluso me llamaron anoche desde el hotel y me hicieron jurar que no dejaría morir a Pilot mientras ellos estaban fuera. Les dije que el perro estaba bien, que era un simple resfriado o algo así, y que probablemente al día siguiente estaría recuperado. —Hizo una pausa y me miró de reojo—. Ni siquiera se lo dije a mi mujer.

Le pregunté por qué y dudó unos momentos.

—Cuando dio a luz no quiso que la acompañara —contestó—. Recuerdo que dijo que no sería capaz de manejar el dolor conmigo en el paritorio. Tenía que hacerlo sola. Todos querían mucho a Pilot, pero fui yo quien lo entrenó, le enseñó a obedecer y lo convirtió en lo que era. En cierto modo era obra mía, me sustituía cuando me iba de viaje. Creo que nadie se daba cuenta de lo que yo sentía por Pilot, ni siquiera ellos. No soportaba la idea de que estuvieran presentes y sus sentimientos tuvieran prioridad sobre los míos: creo que eso es más o menos lo que mi mujer quería decir.

»Bueno —continuó—, Pilot tenía una cama grande en la cocina, donde dormía normalmente. Lo vi allí tendido de costado, fui a buscar unos almohadones para que estuviera lo más cómodo posible y me senté en el suelo a su lado. Jadeaba muy deprisa y me miraba con unos ojos enormes y tristes. Estuvimos mucho rato mirándonos. Yo le hablaba y le acariciaba la cabeza, pero él no paraba de jadear, y a eso de medianoche empecé a preguntarme cuánto podía durar. La verdad es que no sabía nada del proceso de la muerte —nunca he acompañado a nadie que se estuviera muriendo— y me di cuenta de que me estaba impacientando por momentos. No es que quisiera que todo terminara cuanto antes por su bien. Simplemente quería que ocurriera algo. Me he pasado la mayor parte de mi vida adulta solo, yendo o volviendo de alguna parte. Nunca me he visto en ninguna situación sin saber cuándo terminaría o sin tener que irme a una hora concreta, y aunque esa forma de vida a veces era un fastidio, en cierto modo me volví adicto a eso. Al mismo tiempo, me puse a pensar en lo que dice la gente, que hay que evitarles el sufrimiento a los animales, y me pregunté si no debería darle un golpe o asfixiarlo con un almohadón, o si simplemente lo pensaba porque estaba asustado y débil. Y tuve la extraña sensación de que Pilot habría sabido responder a esa pregunta. Por fin, hacia las dos de la madrugada, hice crac y llamé al veterinario. Me dijo que, si quería, vendría directamente a ponerle una inyección. Le pregunté qué pasaría si lo dejábamos como estaba y contestó que no lo sabía: podía ser cuestión de horas o de días, incluso de semanas. La decisión es tuya, dijo. Entonces le pregunté si el perro se estaba muriendo o no. Dijo que sí, que por supuesto se estaba muriendo, pero que la muerte es un proceso misterioso y uno puede esperar o puede tomar la decisión de terminar la espera. Y pensé en que Betsy tenía el concierto al día siguiente, y en que yo estaría agotado, y en la cantidad de cosas que tenía que hacer, así que le pedí que viniera. Y en quince minutos estaba en casa.

Le pregunté qué ocurrió en esos quince minutos.

—Nada —dijo—. Nada de nada. Seguí sentado con Pilot y él siguió jadeando y mirándome con esos ojos enormes, pero yo no sentía nada en particular, solo que estaba esperando a que alguien viniera a sacarme de aquella situación. Me parecía que todo se había vuelto falso, pero ahora mismo lo daría todo, literalmente todo, para volver a esa cocina y a ese preciso momento.

»Por fin llegó el veterinario y todo pasó muy deprisa. Le cerró los ojos a Pilot, me dio un teléfono y me dijo que llamase por la mañana para que vinieran a llevarse el cuerpo, y se marchó. Así que me quedé en el mismo sitio con el mismo perro, solo que ahora el perro estaba muerto. Empecé a imaginarme qué dirían mi mujer y mis hijos si lo supieran, si pudieran verme, y me di cuenta de que había hecho una cosa horrible, algo que ellos jamás se habrían permitido, algo completamente cobarde, antinatural y tan irreversible que tuve la sensación de que nunca, jamás, podría superarlo y de que nada volvería a ser como antes. Y, en cierto modo, para negar la evidencia, decidí enterrarlo cuanto antes. Salí al cobertizo en la oscuridad, cogí una pala, elegí un sitio en el jardín y empecé a cavar. Y, mientras cavaba, no sabía si lo que estaba haciendo era un acto honorable y valiente o si también era falso, porque a la vez que cavaba me imaginaba contándoselo a la gente. Y me imaginaba que los demás pensaban en mi fuerza física y en mi determinación, aunque la tarea resultó mucho más dura de lo que me esperaba. Al principio creí que no iba a ser capaz de terminarla, aunque sabía que de ninguna manera podía darme por vencido. Veía el aspecto que tendría la escena a la luz del día: el agujero a medio cavar en el jardín, el perro muerto y yo sentado a su lado. El terreno era durísimo; la pala no paraba de chocar contra las rocas y el hoyo tenía que ser bastante grande para meter a Pilot. Un par de veces estuve a punto de reconocer mi derrota. Pero al cabo de un rato, empecé a sentir que eso era exactamente lo que significaba ser un hombre. Tomé conciencia de mi rabia, y de que era la rabia la que me daba fuerzas para actuar, así que dejé que la rabia siguiera creciendo, hasta que al final ya no me asustó lo que pudiera decir mi familia, porque ellos no habían tenido que matar al perro y cavar aquel agujero para enterrarlo. Últimamente, cuando discutimos por cómo organiza las cosas mi mujer, ella siempre me dice: "Tú no estabas aquí". Me saca de quicio; pero en ese momento me imaginé que era yo quien se lo decía a ella. Comprendí que tenía que estar muy enfadada para decir eso, y de pronto me alegré de que Pilot hubiera muerto. Me alegré de verdad, porque pensé que, al no estar él, por fin tendríamos que reconocer sinceramente lo que sentíamos.

Hizo una pausa y puso un gesto de perplejidad.

—Terminé de cavar el agujero —añadió al cabo de un rato—, entré en casa y envolví a Pilot en una manta. Lo levanté de la cama, pero pesaba tanto que casi se me cayó. Habría sido más fácil arrastrarlo, pero sabía que no podía hacer eso, porque empezaba a tener miedo del cadáver. Cuando entré en la cocina y lo vi muerto, me dieron unas ganas tremendas de salir corriendo. Tenía que convencerme de que seguía siendo Pilot para terminar lo que había empezado. Al final lo cargué en el pecho, y aun así le di un golpe en la cabeza contra el marco de la puerta al pasar por debajo. Iba hablando con él en voz alta, pidiéndole perdón, y no sé cómo conseguí salir de casa, cruzar el jardín y meterlo en el hoyo. Estaba empezando a amanecer. Lo coloqué con todo el cariño y volví a casa a coger algunas cosas de su cama para enterrarlas con él. Después rellené el agujero de tierra, la aplasté y puse unas piedras alrededor de los bordes. Fui a hacer la maleta y a darme una ducha. Estaba hecho un asco. Tuve que tirar la camisa a la basura. Y luego cogí el coche para ir al aeropuerto.

Extendió las manos grandes y las examinó por los dos lados. Estaban limpias, aunque debajo de las uñas tenía unas medias lunas de tierra oscura. Me miró.

—Lo único que no he conseguido quitarme ha sido el barro de las uñas —dijo.

El hotel era completamente redondo. La recepcionista me contó que antiguamente había sido un depósito de agua, y el arquitecto había ganado muchos premios por la remodelación del edificio. Me ofreció un mapa de la ciudad y lo desplegó sobre el mostrador con unos dedos finos y de uñas muy bien pintadas.

—Estamos aquí —dijo, trazando un círculo con un bolígrafo.

Varias columnas instaladas en el vestíbulo soportaban en lo alto los pasillos que salían desde el centro del edificio como los radios de una rueda. Debajo de una ellas, vi a una chica que llevaba una camiseta con el logo del festival sentada detrás de una mesa con folletos informativos. Repasó sus papeles para darme las indicaciones necesarias. Me dijo que tenía que participar en un acto esa tarde y creía que después me habían organizado una entrevista con uno de los diarios nacionales. El acto se celebraría en el hotel. A última hora de la tarde habría una fiesta en otro local de la ciudad y allí nos ofrecerían algo de comer. El festival funcionaba con cupones para las comidas: podía utilizar los cupones tanto en el hotel como en la fiesta. Sacó un taco de papeles impresos, cortó varios cupones con cuidado por la línea de puntos y me los dio después de anotar una serie de números en la lista que tenía delante. Me dio también un folleto y un recado del director de mi editorial, que me estaría esperando en el bar del hotel antes del acto de la tarde.

Habían acordonado una parte del bar para celebrar una boda. Los invitados estaban reunidos en la sala oscura y de techo bajo, con copas de champán en la mano. Por un lado de las ventanas que abarcaban toda la pared redonda entraba una luz fría y fuerte, y el contraste entre la luz y la oscuridad exageraba la indumentaria y las caras de la gente. Un fotógrafo dirigía a los asistentes por parejas o en grupos a la terraza y les hacía posar para la cámara bajo la brisa fresca. Los novios estaban hablando y riendo en un círculo de gente, juntos pero mirando hacia distintos lados. Tenían un gesto afectado, casi de culpa. Me fijé en que todo el mundo era de la misma edad que la pareja, y el hecho de que no hubiera nadie mayor o más joven me hizo pensar que aquellos acontecimientos no estaban ligados al pasado ni al futuro y que nadie sabía a ciencia cierta si era la libertad o la irresponsabilidad lo que los había desatado.

En la otra zona del bar no había nadie más que un hombre menudo y rubio, sentado en uno de los reservados con asientos de cuero, con un libro encima de la mesa. Al verme, levantó el libro para enseñarme la cubierta. Miró la contracubierta, luego a mí, y volvió a mirar la contra.

—¡No te pareces nada a la fotografía! —me dijo con reproche cuando ya estaba cerca.

Le señalé que era él quien había elegido poner en la tapa una foto de hacía más de quince años.

—¡Porque me encanta! —dijo—. Pareces tan… inocente.

Empezó a hablarme de otra de sus autoras, que en la

foto del libro aparecía delgada y con una melena rubia y reluciente como una cascada. En carne y hueso tenía el pelo gris, unos kilos de más y un problema de visión que la obligaba a llevar unas gafas con cristales de culo de vaso. Cuando iba a las presentaciones y los festivales, la diferencia era de lo más llamativa, y alguna vez le había insinuado con delicadeza la posibilidad de sustituir la foto por una más reciente, pero ella no quería ni hablar del tema. ¿Por qué tenía que ser exacta su fotografía? ¿Para que la policía pudiera identificarla? Su profesión consistía, según ella, en ofrecer una huida de la realidad. Además, prefería ser la sílfide de la foto, con esa cascada de pelo. Una parte de ella seguía sintiéndose como aquella mujer. Cierto grado de autoengaño, había añadido, era un aspecto esencial del talento necesario para vivir.

—Como puedes imaginarte, es una de nuestras autoras más populares —dijo.

Me preguntó si me gustaba el hotel y le dije que me confundía mucho que fuera circular. Ya me había ocurrido varias veces que intentaba ir a alguna parte y volvía al punto de partida. No me había dado cuenta hasta entonces, dije, de cuánto de navegación tienen la creencia en el progreso y la suposición de que lo que dejamos atrás es algo fijo. Había dado la vuelta entera a la circunferencia buscando cosas que tenía al lado desde el principio, un error casi imposible de evitar considerando que todas las fuentes de luz natural del edificio estaban escondidas por tabiques sesgados, de manera que los pasillos quedaban casi completamente a oscuras. O sea, que más que encontrar la luz guiándote por ella, tropezabas con ella por azar y a diferentes distancias. O, dicho de otro modo, solo cuando llegabas sabías dónde estabas. No me cabía la menor duda de que gracias a esas metáforas había ganado el arquitecto del hotel tantos premios, aun cuando su diseño partiera de la base de que la gente no tenía sus propios problemas o, al menos, nada mejor que hacer con su tiempo. Mi editor abrió mucho los ojos.

—Puestos así —dijo—, podrías decir lo mismo de las novelas.

Era un hombre de aspecto delicado, bien vestido, con americana y camisa de rayas, el pelo rubísimo, lacio y peinado hacia atrás, unas gafas de montura plateada y olor a plancha y a colonia. Su delgadez le hacía parecer más joven de lo que era. Tenía la piel muy clara —la carne que asomaba por los puños y el cuello de la camisa era tan blanca y lisa que parecía casi de plástico— y una boca de labios sonrosados, pequeña y suave como la de un niño. Ocupaba el puesto de director en la empresa desde hacía dieciocho meses, me dijo. Antes de eso trabajaba en el departamento de marketing. Hubo quienes se sorprendieron de que una de las editoriales más famosas y respetadas del país se pusiera en manos de un comercial de treinta y cinco años, pero en ese plazo tan breve la empresa había pasado de estar al borde de la insolvencia a tener los mayores beneficios anuales de su larga historia, y los críticos se habían ido callando uno tras otro.

Hablaba con una leve sonrisa, y sus ojos azules y claros resplandecían detrás de los cristales de las gafas con el tímido resplandor de la luz en el agua.

—Por ejemplo —dijo—, hace un año no habría podido dar el visto bueno a la inversión que hemos hecho en una obra como esta. —Levantó el libro con mi foto, no sé si como acusación o como triunfo—. Lo triste es que, en el mismo periodo, incluso algunos de nuestros escritores más ilustres han visto rechazados sus manuscritos por primera vez en décadas. Se han quejado mucho —dijo, sonriendo—, han aullado como animales en apuros. Algunos no entendían que se cuestionara lo que ellos consideran su derecho a ver publicado año tras año lo que quieran escribir, tanto si otros tienen ganas de leerlo como si no. Por desgracia —dijo, tocándose ligeramente la fina montura de acero de las gafas—, unos cuantos han llegado a perder la cortesía y el control.

Le pregunté qué razón, aparte de la de deshacerse de las novelas que no resultaban rentables, explicaba que la editorial hubiera recuperado la solvencia, y agrandó la sonrisa.

—Nuestro mayor éxito ha sido el Sudoku —dijo—. La verdad es que hasta yo me he vuelto adicto. Naturalmente pusieron el grito en el cielo porque nos ensuciáramos las manos de esa manera. Pero vi que el revuelo se tranquilizaba enseguida, cuando los autores menos populares se dieron cuenta de que gracias a eso podrían volver a publicar.

Lo que buscaban todos los editores, siguió diciendo, el santo grial de la escena literaria moderna, por así decir, eran escritores capaces de funcionar bien en el mercado sin perder la conexión con los valores de la literatura. En otras palabras, que escribieran libros que la gente disfrutara de verdad sin avergonzarse en absoluto cuando alguien les veía leyéndolos. Había conseguido reunir un buen equipo de estos escritores, y aparte del Sudoku y de los libros de intriga, eran ellos los artífices del cambio de fortuna de la empresa.

Le dije que me sorprendía la observación de que la conservación de los valores literarios —en cualquier sentido nominal— fuera un factor para alcanzar el éxito popular. En Inglaterra, señalé, a la gente le gustaba vivir en casas antiguas, aunque reformadas con todas las comodidades modernas, y eso me llevaba a preguntarme si quizá podía aplicarse el mismo principio a las novelas, y en caso afirmativo, si no sería un indicio de embrutecimiento o de pérdida del instinto de belleza. Sus blancas y agradables facciones cobraron una expresión de placer, y levantó un dedo en el aire.

—¡A la gente le gusta la combustión! —exclamó.

En realidad, añadió, la historia del capitalismo se podía ver como una historia de combustión, y no se refería únicamente a quemar sustancias que llevan millones de años enterradas en la tierra, sino también el conocimiento, las ideas, la cultura y, por supuesto, la belleza: en resumidas cuentas, todo lo que ha tardado mucho tiempo en desarrollarse y crecer.

—Incluso puede ser que estemos quemando el propio tiempo —dijo—. Piensa, por ejemplo, en Jane Austen: he visto cómo en unos pocos años se han esquilmado las novelas de esa solterona muerta hace tanto tiempo, cómo se iban quemando una tras otra, convirtiéndolas en secuelas, películas y libros de autoayuda, incluso creo que hicieron un *reality* en televisión. A pesar de que llevó una vida anodina, hasta la propia autora terminó ardiendo en la pira de las biografías populares. Lo que puede parecer conservación, en realidad es el afán de consumir hasta la última gota de la esencia. La señorita Austen ha hecho una buena hoguera, aunque en el caso de mis autores de éxito el combustible es el propio concepto de la literatura.

El ideal de la literatura, añadió, despertaba un ansia generalizada, como el mundo perdido de la infancia, cuya autoridad y realidad tendían a parecer mucho más importantes que el momento actual. Aunque para la mayoría de la gente sería insoportable, además de imposible, regresar un solo día a esa realidad: a pesar de nuestra nostalgia de la historia y del pasado, enseguida nos sentiríamos incapaces de vivir allí, por incomodidad, porque la motivación que define la vida moderna, conscientemente o no, es la búsqueda de la libertad y la huida de todo tipo de restricciones o dificultades.

—¿Qué es la historia sino memoria sin dolor? —se preguntó, con una sonrisa encantadora, entrelazando sobre la mesa las manos menudas y blancas—. La gente que quiere revivir esas dificultades ahora va al gimnasio.

Y, de un modo parecido, continuó, experimentar los matices de la literatura sin hacer el esfuerzo que supone leer, pongamos por caso a Robert Musil, era para mucha gente un ejercicio muy agradable. Por ejemplo, en su época de adolescente había leído mucha poesía, principalmente la poesía de T. S. Eliot, pero si hoy tuviera que coger los *Cuatro cuartetos*, estaba seguro de que le resultaría muy difícil, no solo por la visión pesimista que Eliot tenía de la vida, sino también porque se vería obligado a regresar al mundo en el que había leído esos poemas por primera vez, a su realidad sin adornos. Claro que no todo el mundo pasaba los años de su adolescencia leyendo a Eliot, dijo, pero no era posible pasar por el sistema educativo sin lidiar con algún texto anticuado; por eso para la mayoría de la gente el acto de leer simbolizaba inteligencia, quizá porque en aquellos años de formación no habían disfrutado o comprendido los libros que leyeron por obligación. La lectura incluso tenía connotaciones de virtud y superioridad moral, hasta el punto de que los padres se preocupaban si sus hijos no leían, aunque posiblemente ellos en su día odiaban la asignatura de literatura. En realidad, como ya había dicho, incluso podía ser el sufrimiento vivido por culpa de esos textos literarios lo que dejaba en todo el mundo ese poso de respeto por los libros; en cuyo caso deberíamos creer a los psicoanalistas cuando dicen que inconscientemente nos atrae repetir las experiencias dolorosas. Y así, un producto cultural que reproduce esa atracción ambigua, a la vez que no presenta exigencias ni nos causa dolor, está destinado a triunfar. La explosión de clubs del libro, grupos de lectura y páginas web repletas de reseñas de los lectores no daba muestras de agotarse, porque las llamas las alimentaba sin pausa una especie de esnobismo invertido que sus autores de mayor éxito habían comprendido perfectamente.

—Más que nada —dijo—, a la gente le molesta que le hagan sentirse idiota, y quien despierte esos sentimientos sabe a lo que se expone. A mí, por ejemplo, me gusta jugar al tenis, y sé que si juego con alguien que juega un poco mejor que yo mi juego mejorará. Pero si mi compañero me supera demasiado, entonces se convierte en mi torturador y me destroza el partido.

A veces, dijo, se entretenía rastreando en los rincones más profundos de la web, donde los lectores daban su opinión de los libros que compraban como si valorasen la eficacia de un detergente. Lo que había aprendido estudiando esas opiniones era que el respeto por la literatura está grabado muy dentro de la piel, y también que la gente tiende muy fácilmente al insulto. Tenía su gracia, en cierto modo, ver que Dante recibía una sola estrella, de cinco, por su *Divina Comedia*, que se describía como una «mierda absoluta», mientras que una persona sensible lo encontraba angustioso en la misma medida; pero luego recordabas que Dante —como la mayoría de los grandes escritores— había extraído su visión del más profundo conocimiento de la naturaleza humana y sabía arreglárselas sin ayuda de nadie. Era una posición de debilidad, en su opinión, considerar la literatura como algo frágil y necesitado de defensa, como hacían muchos de sus colegas y sus contemporáneos. Y, por la misma razón, él no daba demasiado valor a sus supuestos beneficios morales, más allá de esa capacidad de mejorar el juego, como ya había dicho, de quienes fueran ligeramente inferiores.

Se reclinó en el asiento y me miró con una agradable sonrisa.

Le dije que sus comentarios me parecían un poco cínicos, y que me sorprendía además su indiferencia hacia el concepto de justicia, cuyos misterios, por opacos que siguieran siendo para nosotros, a mí siempre me había parecido razonable temer. De hecho, su propia opacidad, dije, era en sí misma motivo de terror, porque si el mundo parecía lleno de gente malvada que no sufría ninguna represalia por sus actos, y de gente virtuosa que no recibía ninguna recompensa, la tentación de abandonar la moral personal podía presentarse justo cuando la moral personal era más necesaria. Dicho de otro modo, había que hacer honor a la justicia en sí misma, y a mi modo de ver, tanto si creía que Dante era capaz de arreglárselas sin ayuda de nadie como si no, él tenía, a mi juicio, la obligación de defenderlo siempre que se presentara la ocasión.

Mientras le decía esto, noté que apartaba furtivamente los ojos de mí para mirar a alguien por encima de mi hombro, y, al volver la cabeza, vi a una mujer parada en la puerta del bar, mirando alrededor con desconcierto y con una mano encima de los ojos, como el viajero que escudriña un horizonte desconocido.

—¡Ah! —dijo—. Ahí está Linda.

Le hizo una señal con la mano, a la que ella contestó con un respingo de alivio, como si le hubiera costado mucho encontrarnos, a pesar de que no había nadie más en el bar.

—Me he ido al sótano por error —dijo, cuando llegó a la mesa—. Es un garaje lleno de coches aparcados en fila. Ha sido horrible.

Mi editor se echó a reír.

—No me ha hecho ninguna gracia —dijo Linda—. Me ha parecido que estaba dentro de los intestinos de algo. Que el edificio me estaba digiriendo.

—Acabamos de publicar la primera novela de Linda —me dijo mi editor—. Por ahora las reseñas están siendo muy elogiosas.

Linda era una mujer alta, entrada en carnes y de piernas gruesas, que parecía aún más alta por las glamurosas sandalias de tacón, de cintas minuciosamente entrecruzadas, incongruentes con su vestido negro en forma de tienda de campaña y con su apariencia en conjunto torpe. El pelo despeinado le caía por debajo de los hombros en mechones de aspecto seco, y tenía la piel pálida de quien rara vez sale de casa. Tenía la cara redonda, poco definida y con una expresión ligeramente sobresaltada, y observaba boquiabierta de asombro a través de unas gafas de montura roja la fiesta que se celebraba al otro lado del bar.

—¿Qué es eso? —preguntó—. ¿Están rodando una película?

El editor le explicó que el hotel era un sitio muy solicitado para celebrar bodas.

—Ah—dijo Linda—. Me ha parecido que era una broma o algo así.

Se desplomó en el asiento, abanicándose la cara con una mano y tirando del cuello del vestido negro con la otra.

—Estábamos hablando de Dante —le dijo el editor con amabilidad.

Linda lo miró fijamente.

—¿Teníamos que haber estudiado eso para hoy? —preguntó.

Y él soltó una carcajada.

—Vosotras sois el único tema del día —contestó—. La gente ha pagado para escucharos.

Y nos explicó los detalles del acto en el que íbamos a participar. Nos presentaría y después habría unos minutos de conversación: nos haría dos o tres preguntas a cada una antes de empezar las lecturas.

—Pero tú ya sabes las respuestas, ¿verdad? —dijo Linda.

Él dijo que era un mero formalismo, para que todo el mundo se relajara.

—Para romper el hielo —asintió Linda—. Estoy familiarizada con ese concepto. Aunque me gusta que las cosas tengan un poco de hielo —añadió—, lo prefiero.

Habló de una lectura que había hecho en Nueva York

con un novelista famoso. Acordaron de antemano cómo sería la lectura, pero cuando salieron al escenario el novelista anunció al público que en lugar de leer iban a cantar. Al público le entusiasmó la idea y el novelista se levantó y empezó a cantar.

El editor se rio a carcajadas y aplaudió tanto que Linda se asustó.

—¿Qué cantó? —preguntó.

—No sé —dijo Linda—. Una canción popular irlandesa.

—Y tú, ¿qué cantaste?

—Fue lo peor que me ha pasado en la vida —contestó Linda.

El editor sonrió y movió la cabeza.

—Genial —dijo.

Otra vez había hecho una lectura con una poeta, continuó Linda. La poeta era una especie de figura de culto y la sala estaba abarrotada. El novio de la poeta participaba siempre en sus intervenciones públicas, y mientras ella leía se sentaba en las rodillas de la gente o les hacía carantoñas. En aquella ocasión había llevado un rollo de cuerda enorme, y fue gateando entre los asientos, pasando la cuerda alrededor de los tobillos del público, de manera que al final todo el mundo estaba atado.

El editor volvió a soltar otra carcajada.

—Tienes que leer la novela de Linda —me dijo—. Es muy divertida.

Linda lo miró con socarronería pero sin sonreír.

—Esa era la intención —dijo.

—¡Y precisamente por eso a la gente de aquí le encanta! —contestó él—. Les confirma lo absurda que es la vida sin hacerles sentir que ellos también son absurdos. En tus historias, tú eres siempre la... ¿Cuál es la palabra?

—El blanco de las bromas —contestó Linda con cansancio—. ¿No hace calor aquí? Me estoy asfixiando. Debe de ser la menopausia —dijo. Y, dibujando unas comillas en el aire con los dedos, añadió—: El hielo se derrite cuando una escritora se sobrecalienta.

Esta vez, en lugar de reírse, el editor simplemente la miró con neutralidad y sin parpadear.

—Llevo tanto tiempo de gira que estoy empezando a pasar por todas las etapas del envejecimiento —me dijo Linda—. Me duele la cara de tanto sonreír. He comido tantas cosas raras que ahora ya solo quepo dentro de este vestido. Me lo he puesto tantas veces que se ha convertido como en mi apartamento.

Le pregunté dónde había estado y me dijo que en Francia, España y el Reino Unido, y antes de eso había pasado dos semanas en Italia, en un retiro para escritores. El retiro se hacía en un castillo construido encima de un cerro, en mitad de la nada. Había mucho movimiento en el castillo, para ser un sitio que promocionaba la contemplación solitaria. La dueña era una condesa a la que le gustaba gastarse el dinero de su difunto marido rodeándose de escritores y artistas. Por la noche tenían que sentarse a la mesa con ella y ofrecerle conversaciones estimulantes. La condesa seleccionaba e invitaba personalmente a los escritores: la mayoría eran hombres jóvenes. De hecho, solo había otra escritora aparte de Linda.

—Yo estoy gorda y tengo cuarenta años —dijo Linda—. Y la otra era lesbiana, así que ya os podéis imaginar.

Uno de los escritores, un joven poeta negro, se escapó el segundo día. La condesa estaba especialmente orgullosa de haberlo captado: presumía de él con todo el que quisiera escucharla. Cuando el joven le comunicó su intención de marcharse, se puso como loca: por un lado le suplicaba y por otro le exigía una explicación, pero el poeta no se dejó conmover por su angustia. Dijo que no era un sitio para él. No se sentía cómodo y no podría trabajar. Recogió sus cosas y se fue andando hasta el pueblo, a cinco kilómetros, para coger un autobús, porque la condesa se negó a pedir un taxi. Se pasó las dos semanas siguientes destrozando fríamente al poeta y su obra ante todo el que estuviera dispuesto a escucharla. Linda lo vio alejarse por la carretera sinuosa desde la ventana de su dormitorio. Caminaba con paso ligero y saltarín, con su mochila al hombro. Ella tenía muchas ganas de hacer lo mismo, aunque a la vez sabía que era imposible. Por lo visto llevaba una maleta enorme. Además, no estaba segura de poder andar cinco kilómetros con aquellas sandalias. Así que se sentó en su habitación llena de antigüedades, con unas vistas preciosas del valle, y cada vez que miraba el reloj con la sensación de que había pasado una hora comprobaba que apenas habían pasado diez minutos.

—No era capaz de escribir ni una palabra —dijo—. Ni siquiera era capaz de leer. Había un teléfono antiguo encima del escritorio, y me pasaba todo el rato queriendo llamar a alguien para que viniera a rescatarme. Un día, por fin lo descolgué y resultó que estaba desconectado: era un simple adorno.

Al editor se le escapó una risita aguda y breve.

—¿Y por qué tenían que rescatarte? —preguntó—.

Estás en un castillo, en la preciosa campiña italiana, en una habitación para ti sola, sin que nadie te moleste y completamente libre para trabajar. ¡Para la mayoría de la gente eso es un sueño!

—No lo sé —contestó Linda con voz apagada—. Supongo que eso significa que me pasa algo.

Su habitación del castillo estaba llena de cuadros, de libros exquisitos encuadernados en piel y de alfombras caras, siguió diciendo, y la ropa de cama era de lujo. Hasta el último detalle denotaba un gusto perfecto y todo estaba impecablemente limpio, abrillantado y perfumado. No tardó mucho en caer en la cuenta de que el único defecto era ella.

—Nuestro apartamento entero cabía en aquella habitación —dijo—. Había un ropero de madera enorme, y no paraba de abrirlo, pensando que mi marido podía estar allí dentro, espiándome por el ojo de la cerradura. Supongo que en cierto modo quería encontrarlo.

Había una terraza con una piscina preciosa, justo debajo de su ventana, pero nunca veía a nadie nadando. La piscina estaba rodeada de hamacas, y cuando alguien se tumbaba en una, automáticamente venía un criado a ofrecerle una bebida en una bandeja. Había presenciado varias veces el procedimiento, aunque no lo había probado personalmente.

—¿Por qué no? —le preguntó el editor, que estaba de lo más entretenido.

—Si me hubiera tendido en la hamaca y el criado no hubiera venido, habría sido horrible.

La condesa aparecía todas las mañanas con una túnica dorada y se tumbaba al sol en una de las hamacas, entre las flores. Se abría la túnica, exponiendo el cuerpo moreno y flaco, y se quedaba allí quieta como un lagarto. Poco después, aparecía alguno de los escritores, como por casualidad. Quienquiera que fuese se quedaba hablando con la condesa, a veces mucho rato. Linda oía sus voces y sus risas desde su habitación. Los escritores, siguió diciendo, se burlaban de la condesa a sus espaldas, aunque con comentarios ingeniosos y discretos que no pudieran utilizarse luego como pruebas contra ellos. Linda no sabía si la adoraban o la aborrecían, hasta que vio que no se trataba de ninguna de las dos cosas. No adoraban ni aborrecían nada, o al menos no lo dejaban ver; simplemente tenían la costumbre de no enseñar nunca sus cartas.

La condesa apenas probaba bocado en las comidas. Luego encendía un cigarrillo, se lo fumaba muy despacio y apagaba la colilla en el plato. A la hora de la cena se ponía vestidos ceñidos y escotados, y siempre iba cubierta de oro, diamantes y perlas. Llevaba joyas en los brazos, en los dedos, en el cuello y en las orejas, tantas que parecía un punto de luz en la penumbra del comedor. Es decir, que era imposible no fijarse en ella: observaba a los comensales, embelesada, con unos ojos brillantes y parecidos a los de un halcón, y acechaba la conversación como el depredador que vigila su territorio de caza. Como todos eran conscientes de su presencia, todos se esforzaban por hacer comentarios interesantes e ingeniosos. Pero como su presencia era tan evidente, la conversación nunca era sincera: era la conversación de quien imita la conversación de un grupo de escritores, y ella se alimentaba de esos bocados muertos y artificiales que le dejaban directamente a los pies, de manera que el espectáculo de su satisfacción también era artificial. Todo el mundo ponía el mayor empeño en esta farsa, y era muy raro, porque Linda no veía que la cosa beneficiara a nadie. La condesa, añadió, llevaba un moño altísimo que daba a su cuello un aspecto de extrema fragilidad. Parecía facilísimo alargar la mano y partírselo en dos.

El editor respondió a esta observación con una risotada de alarma, y Linda lo miró con gesto inexpresivo.

—No llegué a partírselo —dijo.

Aquellas comidas eran una tortura, resumió, no solo por su ambiente de mutua prostitución, tal como ahora lo veía, sino también porque estaba tan tensa que se le hacía un nudo en el estómago y no podía comer nada. De hecho, es posible que comiera incluso menos que su anfitriona, y una noche, la condesa se volvió hacia ella, con los ojos centelleantes de asombro, y le dijo que le sorprendía que fuera tan grande, con lo poco que comía.

—Pensé que le molestaba —dijo—, porque la doncella se llevaba mi plato lleno de comida desperdiciada, pero en realidad fue la única vez que demostró un mínimo interés por mí, como si su idea de la amistad con otra mujer consistiera en compartir momentos de tortura. Y lo cierto es que cada vez que la doncella venía a despejar la mesa o a traer otro plato, me daban ganas de levantarme para ayudarla.

En casa, normalmente evitaba las tareas domésticas, siguió diciendo, porque le hacían sentirse tan insignificante que pensaba que después sería incapaz de escribir nada. Lo achacaba a que le hacían sentirse como una mujer normal y corriente, y ella casi nunca pensaba que era una mujer, incluso puede que ni siquiera creyera serlo, porque en casa no hablaban de ese tema. Dijo que su marido se ocupaba de casi todas las tareas domésticas, que le gustaban y no le producían el mismo efecto que a ella.

—Pero en Italia empecé a tener la sensación de que esas tareas me permitirían justificar mi existencia —dijo—. Hasta empecé a echar de menos a mi marido. No paraba de pensar en él y en lo mucho que lo critico siempre, y cada vez me costaba más recordar por qué lo criticaba, porque cuanto más pensaba en él más perfecto me parecía. Empecé a pensar también en nuestra hija, en lo guapa e inocente que es, y me era imposible entender por qué a veces, cuando estaba con ella, me sentía como atrapada en una habitación con un enjambre de abejas. Siempre había fantaseado con la idea de irme a un retiro de escritores y pasarme las noches hablando con otros escritores, en lugar de quedarme en casa discutiendo con mi marido y con mi hija por tonterías. Y ahora que estaba en uno lo único que quería era estar en mi casa, aunque antes de irme había estado contando los días que faltaban para el viaje. Una noche los llamé por teléfono, y mi marido pareció un poco sorprendido al ver que era yo. Hablamos un rato, y después nos quedamos callados, hasta que él me preguntó qué necesitaba.

—¡Qué romántico! —exclamó el editor con una carcajada.

—Entonces le pregunté qué tal iban las cosas por allí —continuó Linda—. Y me contestó que divinamente. Tiene la costumbre de utilizar esas palabras tan cursis —añadió—. Es un poco cargante.

—Eso significa que el hombre al que echabas de menos no era él —señaló el editor, satisfecho de su deducción.

—Supongo que no —dijo Linda—. Eso me hizo despertar. De pronto vi nuestra casa como si la tuviera delante. Estábamos hablando por teléfono y vi la mancha que ha quedado en la alfombra del pasillo desde un día que goteó una bolsa de basura, y las puertas de los armarios de la cocina, descolgadas, y la grieta del lavabo del baño, con la forma exacta de Nicaragua. Hasta noté el olor a tubería, que nunca se va. Y a partir de entonces las cosas mejoraron —dijo, cruzándose de brazos y mirando al grupo de la boda, en la otra punta del bar—. Me lo pasé muy bien. Repetía pasta todas las noches. Valía la pena ver la cara que ponía la condesa. Y reconozco que algunos de los escritores resultaron muy estimulantes, tal como se anunciaba.

Aun así, cuando terminaron las dos semanas llegó a la conclusión de que era posible cansarse de lo bueno. Había un novelista que desde allí se iba a otra residencia de escritores, a Francia, y luego a otra, a Suecia: por lo visto toda su vida consistía en sinecuras y compromisos literarios, como si solo se alimentara de postres. No estaba segura de que eso fuera sano. Pero una noche estuvo hablando con otro escritor que le contó que todos los días, cuando se sentaba a escribir, pensaba en un objeto que no significara nada para él, y ese día trataba de incluir dicho objeto en alguna parte del trabajo. Ella le pidió que le pusiera algún ejemplo, y él le dijo que los últimos días había elegido un cortacésped, un reloj de pulsera elegante, un chelo y un loro en una jaula. El chelo era lo único que no había funcionado, porque al elegirlo no se acordó de que su madre había intentado que aprendiera a tocarlo cuando era pequeño. A su madre le encantaba el sonido del chelo, pero a él se le daba fatal. Los gemidos que salían de su instrumento no eran en absoluto lo que su madre tenía en mente, y al final tuvo que darse por vencido.

—Así que —dijo Linda—, empezó a escribir la historia de un niño que es un genio del chelo, pero es tan exagerada y tan increíble que tiene que dejarlo. Según me dijo, esos objetos le ayudaban a ver las cosas tal como son. Le contesté que haría la prueba, porque no había escrito una sola línea desde que estaba allí, y le pedí que me propusiera algo para empezar. Me sugirió un hámster: esa cosita peluda que vive en una jaula.

Era verdad que un hámster no significaba nada para ella, dijo, porque en su edificio estaban prohibidas las mascotas, y enseguida vio que este roedor le ofrecía la palanca necesaria para describir el triángulo humano de su familia. Ya había intentado escribir sobre la dinámica familiar en otras ocasiones, pero por más fresca que sacara la idea del congelador de su corazón, siempre terminaba hecha papilla en sus manos. Ahora se daba cuenta de que el problema estaba en que había tratado de describir a su marido con materiales —sus propios sentimientos— que solo ella era capaz de ver. La presencia del hámster lo cambiaba todo. Podía describir a su marido y a su hija mimando al ratoncito, mientras que a ella le ponía los nervios de punta verlo encarcelado, y contar cómo el animal fortalecía los vínculos entre su marido y su hija a la vez que ella se sentía excluida. ¿Qué clase de amor era aquel que necesitaba domesticar y encarcelar al objeto amado? Y, si era amor lo que allí se ofrecía, ¿por qué ella no recibía siquiera un poco? Se le ocurrió que, como su hija había encontrado un buen compañero en el hámster, su marido tal vez pudiera aprovechar la oportunidad para darle la vuelta a la situación, dirigiendo la atención a su mujer, pero sucedía justamente lo contrario: el padre se separaba de su hija menos que nunca. Cada vez que la veía acercarse a la jaula, se levantaba de un salto para acompañarla, hasta que Linda empezaba a preguntarse si era posible que él tuviera celos del hámster y únicamente fingía quererlo para seguir reteniendo a su hija. Luego se preguntó si en su fuero interno él querría matarlo, pero como entretanto Linda se dio cuenta de que la posibilidad de que él volviera a interesarse por ella le producía en el mejor de los casos sentimientos contradictorios, le pareció importante que el hámster siguiera vivo. A veces le daba pena el ratón, que era la víctima involuntaria del narcisismo mutuo de las relaciones humanas: había oído decir que si ponías a dos hámsteres juntos en la misma jaula terminaban matándose el uno al otro y por eso estaban condenados a vivir solos. Se pasaba la noche en vela, oyendo el chirrido de una rueda que giraba frenéticamente. En una versión del relato, su hija llegaba a querer tanto al hámster que decidía liberarlo. Pero en la versión final era la propia Linda quien lo dejaba en libertad: abría la jaula y lo echaba de casa mientras su hija estaba en el colegio. Peor aún, dejaba que su hija creyera que había sido ella quien se había dejado la puerta abierta por descuido esa mañana y por tanto quien tenía la culpa.

—Es un buen cuento —afirmó—. Mi agente acaba de vendérselo al *New Yorker*.

De todos modos, no estaba segura de que hubiera ganado nada con ese viaje, aparte de unos kilos por comer tanta pasta. Se le ocurrió que al poner fin a la sensación de estar desamarrada y a la deriva, después de hacer esa llamada a su marido, quizá hubiera perdido la oportunidad de comprender algo importante. Había leído una novela de Herman Hesse, dijo, en la que se describe una situación parecida.

—El personaje está sentado a la orilla de un río —dijo—, contemplando las formas que dibujan la luz y la sombra en el agua, y las extrañas siluetas de lo que podrían ser los peces debajo de la superficie, que tan pronto aparecen un segundo como desaparecen, y entonces comprende que está mirando algo que no puede describir, que nadie podría describir con el lenguaje. Y de pronto tiene la sensación de que eso que no puede describir quizá sea la verdadera realidad.

—Hesse está completamente pasado de moda —contestó mi editor, haciendo un gesto despectivo con la mano—. Casi da vergüenza que lo sorprendan a uno leyéndolo.

—Supongo que eso explica por qué todo el mundo me miraba así en el avión —dijo Linda—. Pensé que era porque solo me había maquillado la mitad de la cara. Cuando llegué al hotel y me miré en el espejo, vi que solo me había maquillado un lado. Puede que la única persona que no se fijara fuese la mujer que iba sentada a mi lado y, como no me veía la otra mitad, no podía comparar. El caso es que ella también parecía muy rara. Me contó que acababa de salir del hospital, después de haberse roto todos los huesos del cuerpo. Era esquiadora, y se había caído por un precipicio en mitad de una ventisca. Tardaron seis meses en recomponerla. Tuvieron que sujetarle el esqueleto con varas de metal.

La mujer le contó la historia del accidente, continuó Linda. Le había ocurrido en los Alpes austriacos, donde trabajaba como guía de esquí. Un día salió con un grupo, a pesar de que la previsión del tiempo era mala, porque eran unos fanáticos y estaban empeñados en hacer un descenso fuera de pista, famoso por lo peligroso que era, aprovechando las excelentes condiciones de la nieve en polvo, muy raras en aquella época del año. No pararon de insistir hasta que la convencieron de que los llevara, en contra de lo que le dictaba el sentido común, y en los seis meses que pasó en el hospital había tenido muchas oportunidades de reflexionar hasta qué punto era responsable de lo que le había ocurrido. Al final reconoció que, por mucho que la hubieran presionado, no podía ocultar el hecho de que la decisión había sido únicamente suya. La verdad es que era un milagro que nadie más hubiera caído por el precipicio con ella, porque iban demasiado deprisa, con ganas de bajar lo antes posible para que la ventisca no los atrapara. Recordaba que, poco antes del accidente, había tenido una sensación de poder muy intensa, y también de libertad, aunque sabía que la montaña podía quitarle su libertad en un instante. Pero, en el momento del accidente, de pronto todo le pareció como un juego de niños, una oportunidad de escapar de la realidad, y al precipitarse al vacío y notar que la montaña desaparecía debajo de sus pies, durante unos segundos casi se creyó capaz de volar. Lo que ocurrió a continuación lo había reconstruido a partir de lo que le contaron, porque no se acordaba de nada. Según parecía, los demás no dudaron en continuar el descenso sin ella, convencidos de que no había podido sobrevivir a la caída y había muerto. Dos días más tarde, consiguió llegar a un refugio de montaña y se desmayó. Nadie entendía cómo había sido capaz de andar con tantos huesos rotos: era imposible, aunque también era innegable que lo había hecho.

—Le pregunté cómo creía que lo había conseguido —dijo Linda—, y contestó que sencillamente no sabía que tenía los huesos rotos. Ni siquiera sentía dolor. Cuando dijo eso —añadió Linda—, de repente tuve la sensación de que estaba hablando de mí.

Le pregunté qué quería decir y se quedó un buen rato callada, apoltronada en el asiento con una expresión impasible, como si no fuera a responderme.

—Supongo que me recordó que tenía una hija —dijo por fin—. Eso te hace sobrevivir a tu propia muerte, y después lo único que puedes hacer es contarlo.

Era difícil de explicar, continuó, pero sus sentimientos de afinidad con aquella mujer llena de metal por dentro parecían nacer de una experiencia que también para ella había sido un proceso de verse hecha añicos, recomponerse y convertirse en una versión indestructible, antinatural y posiblemente suicida de sí misma. Como ya había dicho, después de sobrevivir a tu propia muerte, lo único que podías hacer era contarlo, contárselo a un extraño en un avión o a cualquiera dispuesto a escuchar. A menos que te empeñaras en buscar una nueva manera de morir, dijo. Despeñarse por un precipicio no sonaba mal, y había pensado en pagar para que la llevaran en avioneta, solo para ver si era capaz de resistirse a abrir el paracaídas; al final, escribir era lo que generalmente le permitía apartarse de ese camino. Cuando escribía no estaba ni dentro ni fuera de su cuerpo: sencillamente, lo ignoraba.

—Es como el perro de la familia —dijo—. Puedes tratarlo como quieras. Nunca será libre, si es que recuerda siquiera lo que es la libertad.

Nos quedamos mirando al grupo de la boda. Alguien estaba pronunciando un discurso, y los novios lo escuchaban sonrientes. De vez en cuando, la novia bajaba los ojos y se alisaba la pechera del vestido, y cada vez que volvía a subirlos, su sonrisa tardaba un instante en reaparecer. Estuvimos mirándolos hasta que una chica con la camiseta del festival y pinta de agobiada se acercó a la mesa con una carpeta en mano para avisarnos de que el público nos estaba esperando. El editor se deslizó del asiento y se alisó la pechera de la chaqueta, como un extraño reflejo de lo que acababa de hacer la novia. Al levantarse, Linda se alzó como una torre por encima de él. Lo seguimos en fila india. Me fijé en que Linda tenía que andar con mucho cuidado con aquellos tacones tan altos.

Me habían dicho que la periodista me estaba esperando en los jardines del hotel. El rugido del tráfico llegaba como el rumor del mar desde la calle. La periodista estaba sentada en un banco, sola, entre los arriates recién plantados y la red de senderos de grava, mirando hacia la ciudad tendida a los pies del monte, donde el río atravesaba la zona vieja como una cinta oscura y sinuosa, atrapado entre el laberinto de los edificios amontonados en sus orillas. Los campanarios ennegrecidos de la catedral asomaban por encima de los tejados.

Venía directamente de la estación de tren, dijo la periodista, andando, porque en aquella ciudad ir en coche era la forma más segura de desviarse del objetivo. El trazado de las calles construidas después de la guerra se había hecho, por lo visto, sin pensar en la necesidad de ir de un punto a otro. Las gigantescas autopistas rodeaban la ciudad sin entrar en ella: para llegar a cualquier parte había que pasar por todas partes. Las calles estaban continuamente atascadas, aun cuando carecieran de la lógica de un destino común, mientras que atravesar el centro de la ciudad andando era un paseo corto y muy agradable. Se levantó para darme la mano.

—En realidad ya nos conocemos —dijo.

—Lo sé —respondí, y sus ojos grandes iluminaron un segundo sus facciones demacradas.

—No estaba segura de que me recordara.

Habían pasado más de diez años, pero no había olvidado aquel encuentro, dije. Me habló de su casa y de su vida de una manera que me había venido a la cabeza muchas veces a lo largo de esos años y aún recordaba con toda claridad. La descripción de la pequeña ciudad donde vivía —yo no había estado nunca, aunque sabía que no estaba lejos de allí— y de su belleza había sido muy precisa: la había evocado muchas veces, como ya le había dicho, tantas que no entendía por qué. Quizá porque había en esa descripción una finalidad que yo no me imaginaba capaz de alcanzar en mis propias circunstancias. Me habló de la tranquilidad del barrio en el que vivía con su marido y sus hijos, de sus calles de adoquines, que eran demasiado estrechas para los coches y por eso casi todo el mundo iba en bicicleta, y de las casas altas y esbeltas, con los tejados empinados y sus verjas en la entrada, a la orilla de los silenciosos canales bordeados de árboles muy grandes, con las ramas tan extendidas que sus reflejos verdes se hundían en la quietud del agua como montañas reflejadas. Por las ventanas se colaba el sonido de las pisadas en los adoquines y el silbido de las bicis en su continuo ir y venir; y por encima de todo se oía el eterno tañido de las campanas en las muchas iglesias de la ciudad, porque no solo daban las horas, sino también los cuartos y las medias, y así cada segmento de tiempo se convertía en una semilla de silencio que luego florecía y llenaba el aire casi como si se dibujara a sí mismo. El diálogo de las campanas de un lado a otro, por encima de los tejados, continuaba de día y de noche: sus cadencias alternas de observación y acuerdo, sus pasajes de debate y sus narraciones más largas —por ejemplo, en maitines y en vísperas, y sobre todo los domingos, la repetición se iba propagando de edificio en edificio hasta estallar en una jubilosa y ensordecedora exposición—, la tranquilizaban, me había dicho, tanto como la conversación de sus padres cuando era pequeña y oía sus voces en la habitación de al lado, comentando, observando y señalando todo lo que ocurría, como si hicieran inventario del mundo entero. La textura del silencio de la ciudad, me había dicho, era algo que en realidad solo notaba cuando estaba en otra parte, en lugares donde todo lo envolvía el murmullo del tráfico, la música atronadora de los bares y las tiendas, y la cacofonía de las obras interminables en un continuo derribar de edificios para volver a levantarlos. Cuando volvía a casa, el silencio le resultaba tan refrescante como un baño de agua fresca, y era consciente de que el tañido de las campanas, lejos de alterar el silencio, en realidad lo defendía.

Me había impresionado esa descripción de su vida, le dije, como una vida vivida dentro del mecanismo del tiempo, y aunque quizá no fuera una vida del gusto de todos, al menos no parecía tener eso que empujaba las vidas de otros a los extremos, ya fueran estos de placer o de dolor.

Levantó las cejas elegantes y ladeó la cabeza.

Esa cualidad, dije, casi podía llamarse suspense, y parecía surgir de la creencia de que nuestras vidas estaban gobernadas por el misterio, cuando en realidad ese misterio no era más que la extensión de nuestro engaño, la negación de nuestra mortalidad. Me había acordado de ella con frecuencia a lo largo de esos años, dije, desde la última vez que nos vimos, y normalmente esos pensamientos me asaltaban cuando caía en algún extremo por la sospecha de que se me estaba privando de un conocimiento, de una revelación capaz de aclararlo todo. Me había hablado de su marido y de sus dos hijos, de la vida sencilla y ordenada que llevaban, una vida en la que había pocos cambios y por tanto poco desperdicio, y el ver que en ciertos detalles su vida era un espejo de la mía —y que al mismo tiempo no se parecía en nada— me había llevado a veces a considerar mi situación de una manera muy poco halagüeña. Había roto ese espejo, le dije, sin saber si lo hacía como un acto de violencia o por puro error. El sufrimiento siempre me había parecido una oportunidad, pero no estaba segura de si alguna vez llegaría a descubrir si eso era cierto y, en caso de serlo, por qué, ya que hasta ahora no había sido capaz de entender qué oportunidad me ofrecía. Solo sabía que el sufrimiento llevaba aparejado una especie de honor, si eras capaz de sobrevivir, y que te permitía establecer una relación más íntima con la verdad, al menos en apariencia, aunque en realidad tal vez fuera idéntica a la lealtad de quedarse siempre en el mismo sitio.

La periodista había cruzado con gracia las piernas, delgadas y huesudas, y tenía una expresión cada vez más severa en la cara profundamente marcada de arrugas y especialmente oscurecida en los párpados, donde la piel parecía casi herida. Me escuchaba con la cabeza doblada sobre el cuello largo y fino como una flor oscura.

—Reconozco —dijo por fin— que disfruté hablándole de mi vida y dándole envidia. Me sentía orgullosa. Y recuerdo que pensé: Sí, he sido capaz de evitar el desastre; sin embargo me parecía que, más que por buena suerte, lo había conseguido con mucho esfuerzo y autocontrol. Pero era importante no dar la impresión de que estaba presumiendo. En aquella época siempre tenía la sensación de guardar un secreto —dijo—, y de que si lo contaba todo se destruiría. Cuando miraba a mi marido veía que él ocultaba el mismo secreto, y sabía que tampoco lo contaría nunca, porque era algo que compartíamos, como dos actores que íntimamente saben que están actuando, pero, si lo reconocieran abiertamente, estropearían la escena. Los actores necesitan público, y nosotros también lo necesitábamos, porque parte del placer residía en mostrar nuestro secreto sin contarlo.

A lo largo de los años habían visto caer a mucha gente por diferentes obstáculos, e incluso habían intentado ayudar en esas emergencias, que les servían para reforzar sus sentimientos de superioridad. Y, más o menos cuando nos conocimos, siguió diciendo, tenía una buena amiga que estaba viviendo un divorcio durísimo y pasaba mucho tiempo en su casa, porque necesitaba apoyo y consejo. Las dos familias tenían una amistad muy estrecha, habían pasado muchas noches, fines de semana y vacaciones juntas, y de pronto salía a luz una realidad totalmente distinta. Su amiga se presentaba cada día con alguna historia de terror: que su marido había llegado con una furgoneta y se había llevado los muebles mientras ella no estaba, o que había dejado a los niños solos todo el fin de semana cuando le tocaba estar con ellos; que la estaba obligando a vender la casa donde habían pasado toda la vida y que iba contando cosas horribles de ella a todos sus amigos, para envenenarlos y ponerlos en su contra.

—Se sentaba a la mesa, en nuestra cocina —dijo—, y nos contaba esas historias, profundamente horrorizada y deprimida, y mi marido y yo la escuchábamos y tratábamos de consolarla. Pero al mismo tiempo nos causaba una especie de placer observarla, aunque nunca, jamás, lo habríamos reconocido, porque ese placer era parte de nuestro secreto inconfesado.

»Lo cierto era —continuó—que mi marido y yo antes envidiábamos a esa mujer y a su marido, porque su vida nos parecía superior a la nuestra en muchos aspectos. Eran muy alegres, aventureros, y siempre estaban haciendo viajes exóticos con sus hijos. Además, tenían muy buen gusto y su casa estaba llena de cosas originales y bonitas, de muestras de su creatividad y su amor por la alta cultura. Pintaban, tocaban instrumentos, leían sin parar y su manera de comportarse en familia siempre parecía mucho más libre y divertida que la nuestra. Únicamente cuando estábamos con ellos yo me sentía insatisfecha con nuestra vida, nuestro carácter y el de nuestros hijos. Los envidiaba porque parecían tener más cosas que nosotros, aunque no veía que hubieran hecho nada para merecerlo.

En resumen, había tenido celos de esa amiga, que sin embargo se quejaba continuamente de su suerte, de las injusticias de la maternidad y de la indignidad de las cargas domésticas que acarreaba tener una familia. De lo único que nunca se quejaba era de su marido, y puede que por eso él acabara convirtiéndose en lo que la periodista más envidiaba de ella, hasta el punto de que su propio marido casi llegó a parecerle un inepto. El marido de su amiga era más alto y más atractivo que el suyo, extremadamente sociable y encantador, y tenía una lista impresionante de talentos físicos e intelectuales, ganaba en todos los juegos y siempre sabía más que nadie de cualquier tema. Además, era muy hogareño y parecía el padre ideal, se pasaba todo el tiempo con sus hijos, cocinando y cuidando del jardín, y los llevaba de acampada y a navegar. Sobre todo era comprensivo con las quejas de su mujer, y siempre la animaba a airear su indignación por las penalidades y las tiranías de la maternidad, que él tanto se esforzaba en aligerarle.

—Mi marido —dijo— tenía poca confianza física y, como se pasaba tanto tiempo en el bufete, se libraba de la mayor parte de las rutinas familiares, pero yo ponía todo mi empeño en ocultar esos defectos, que en el fondo me llenaban de rabia y de rencor, y en vez de eso presumía sin parar de lo importante que era y de lo mucho que trabajaba, hasta que casi conseguía negar mis sentimientos. Solo cuando estábamos con esta otra pareja la verdad amenazaba con salir a la luz, y a veces me preguntaba si mi marido había adivinado alguna vez mis pensamientos, si en el fondo quizá sospechaba que yo estaba enamorada de aquel hombre. Pero si lo mío era amor, era ese amor que la Biblia llama codicioso, y al marido de mi amiga nada le gustaba más que sentirse codiciado. Nunca he conocido a un hombre tan preocupado por las apariencias, hasta el punto de que empecé a ver en él algo casi femenino, a pesar de lo viril que era. Sentía mucha afinidad con ese hombre, sobre todo cuando presumía de que mi marido trabajaba como un esclavo y él parecía desempeñar entonces el papel de su mujer y hablaba de algún aspecto indigno de su vida como mujer. En cierto modo nos reconocíamos: nos gustábamos porque era una manera de gustarnos a nosotros mismos, aunque por supuesto nunca lo decíamos, porque decirlo habría destrozado por completo la imagen que dábamos de nuestras respectivas vidas. Mi amiga me contó una vez que su madre le había dicho que no se merecía aquel marido. Y en secreto le di la razón a su madre, aunque cuando llegó el divorcio aquellas palabras cobraron un significado totalmente distinto.

Con cada nueva historia que oía en la mesa de la cocina, dijo la periodista, se sorprendía más y más del carácter de aquel hombre que antes le había parecido tan atractivo, e incluso con tantas pruebas delante le seguía costando condenarlo. Pero luego miraba a su marido, sentado pacientemente, escuchando a su amiga con amabilidad, aunque acabara de llegar agotado del trabajo y ni siquiera hubiera podido quitarse el traje, y se asombraba del buen juicio que había tenido al elegirlo. Cuantas más barbaridades contaba su amiga de su marido, más esperaba ella que nadie se hubiera dado cuenta de cuánto le había gustado ese hombre, y para disimular empezó a criticarlo con mucha dureza, aunque en su fuero interno aún pensara que su amiga podía estar exagerando. Y, al ver que su marido también se mostraba desmedidamente crítico con él, se dio cuenta de que en realidad lo odiaba desde siempre.

—Empezó a parecerme —dijo— que entre mi marido y yo habíamos provocado la destrucción de esa familia, como si mi amor secreto y su odio secreto hubieran conspirado para destruir el objeto de su desacuerdo. Todas las noches, cuando nuestra amiga se marchaba, nos sentábamos a hablar tranquilamente de su situación, y era como si escribiéramos juntos un relato en el que permitíamos que pasaran cosas que en realidad nunca habían pasado y en el que podíamos hacer justicia, y parecía que todo salía de nuestras cabezas, solo que también estaba ocurriendo de verdad. Desde hacía tiempo estábamos más unidos que nunca. Fue una buena época de nuestro matrimonio —dijo, con una sonrisa amarga—. Como si todas las cosas que envidiábamos de esa pareja se nos hubieran concedido.

Volvió la cabeza, sin dejar de sonreír, y se quedó mirando la ciudad a los pies del cerro, donde los coches se movían como un enjambre por las calles a la orilla del río. La forma peculiar de su nariz, que de frente estropeaba un poco sus bonitas facciones, vista de perfil resultaba hermosa: tenía la punta respingona y una V profunda en la unión con la frente, como dibujada con ciertas licencias para subrayar la relación entre destino y forma.

Le contesté que aunque su historia insinuaba que las vidas de las personas podían regirse por las leyes de la narración literaria, y por todas las ideas de justicia y reparación que esta defiende, en realidad era su interpretación de los hechos lo que creaba esta ilusión. Es decir, que el divorcio de sus amigos no tenía nada que ver con su envidia secreta y su deseo de verlos caer: era su capacidad de contar historias —que, como ya le había dicho, me había impresionado tantos años antes—, la que le hacía ver su intervención personal en lo que ocurría en su entorno. Aun así, no parecía sentirse culpable por la sospecha de que sus deseos pudieran modelar las vidas de otras personas, incluso causarles sufrimiento. Era una idea interesante, dije, que el impulso narrativo pudiera surgir del deseo de evitar la culpa, más que de la necesidad —como generalmente se suponía— de dar sentido a las cosas; es decir, que era una estrategia calculada para descargarnos de responsabilidad.

—Pero usted creyó mi historia hace años —dijo—, a pesar de que yo no lo esperaba y probablemente solo quería aparentar que mi vida era envidiable, para poder aceptarme a mí misma. He dedicado toda mi carrera profesional a entrevistar a mujeres —políticas, feministas, artistas— que han hecho pública su experiencia femenina y están dispuestas a ser honestas en todos sus aspectos. A mí me ha correspondido dar cuenta de su honestidad, pero al mismo tiempo soy demasiado cobarde para vivir como ellas, fiel a esos ideales feministas y principios políticos. Me resultaba más fácil pensar que también en mi vida había valor, el valor de la constancia. Y he llegado a alegrarme de las dificultades con las que tropezaban esas mujeres, a la vez que aparentaba simpatizar con ellas.

»Cuando era pequeña —continuó—, muchas veces veía que mi hermana, que era dos años mayor que yo, cargaba siempre con las culpas de lo que pasaba, mientras yo lo observaba todo desde la seguridad del regazo de mi madre, y cada vez que ella hacía algo malo o cometía un error, yo tomaba nota de no hacer lo mismo cuando me llegara el turno. A veces, mi hermana y mis padres tenían unas peleas tremendas, y yo me beneficiaba de la situación por el mero hecho de no ser la causa; por eso cuando hacía mis entrevistas me encontraba en un terreno familiar. Me beneficiaba no ser una de esas mujeres con relevancia pública, mientras que en cierto modo las entrevistadas estaban peleando por mi causa, igual que mi hermana había peleado por mi causa al exigir ciertas libertades que a mí se me concedían fácilmente cuando alcanzaba la misma edad. Me preguntaba si algún día tendría que pagar por ese privilegio y, en ese caso, si el ajuste de cuentas podría llegarme en forma de hijas, y cada vez que me quedaba embarazada deseaba tanto que fuera un niño que me parecía imposible ver cumplido mi deseo. Pero así fue, las dos veces, y mientras tanto veía a mi hermana pelear con sus hijas como siempre la había visto pelear con todo, y sentía la satisfacción de saber que al observarla desde tan cerca había evitado cometer los mismos errores que ella. Quizá por eso me resultaba casi insoportable que mi hermana pudiera tener éxito en algo. La quería, pero no toleraba el espectáculo de sus triunfos.

»La amiga de la que le he hablado —dijo— en realidad era mi hermana, y yo tenía la sensación de que llevaba toda la vida esperando su divorcio y la destrucción de su familia. En los años siguientes, cuando miraba a sus hijas, casi llegaba a odiarlas, por el daño y el sufrimiento que veía en ellas, porque esas niñas heridas me recordaban que todo había dejado de ser un juego, el sencillo juego del que yo me beneficiaba observándolo, por así decir, protegida en el regazo de mi madre. Mis hijos seguían llevando sus vidas normales, llenas de seguridad y de rutina, mientras que la casa de mi hermana estaba destrozada por problemas muy graves, problemas que ella seguía afrontando con sinceridad, tanta que llegué a decirle que creía que estaba haciendo daño a las niñas por no disimular un poco. Al final empecé a sentirme reacia a exponer a mis hijos a aquella situación: me preocupaba que pudiera afectarles presenciar esos sentimientos tan violentos, y dejé de invitarlos a casa y a venir de vacaciones con nosotros, como había hecho siempre.

»Fue entonces, cuando dejé de fijarme en la casa de mi hermana, cuando las cosas empezaron a cambiar para ella. Seguíamos hablando de vez en cuando, y la notaba más tranquila y más optimista: por primera vez me contaba historias de pequeños logros y avances de sus hijas. Un día salí en bicicleta y, de repente, se puso a llover a cántaros. Para variar, no había cogido el impermeable, y al buscar un sitio donde refugiarme me di cuenta de que estaba cerca de casa de mi hermana. Era temprano, por la mañana, y sabía que estaría en casa, así que fui pedaleando bajo la lluvia hasta su puerta y llamé al timbre. Llegué completamente empapada, chorreando, con la ropa más vieja que tenía, y no se me ocurrió que pudiera abrir la puerta otra persona que no fuese mi hermana. Me llevé una sorpresa al ver que quien abría era un hombre atractivo, que retrocedió inmediatamente para dejarme entrar, se llevó mis cosas mojadas y me ofreció una toalla para secarme el pelo. Nada más verlo supe que era la nueva pareja de mi hermana, y un hombre mucho mejor que el marido que yo antes le envidiaba, y lo cierto es que su aparición cambió la suerte de mi hermana y la de sus hijas. Vi que ella era feliz por primera vez en la vida, y también que nunca habría llegado a conocer esa felicidad sin pasar antes por todo aquel sufrimiento exactamente tal como lo hizo. Una vez la oí decir que el carácter frío y egoísta de su primer marido, que nadie —y ella todavía menos— había visto de verdad, era como un cáncer invisible que llevaba años escondido en su vida, haciéndola sentirse cada vez más incómoda sin saber por qué, hasta que el dolor la empujó a abrirse y arrancárselo. Fue entonces cuando las duras palabras de mi madre —que mi hermana no se merecía a su marido— cobraron otro significado. En su día, a todos nos pareció inexplicable que mi hermana dejara a un hombre como él, que lo empujara a actuar con una crueldad de la que ella era claramente el catalizador y que causó a sus hijas un daño irreparable, pero mi hermana ahora contaba una historia distinta: fue esa crueldad incipiente lo que le hizo comprender que tenía la obligación de salvar a sus hijas, aunque en ese momento no pudiera demostrar su existencia. Me contó que, un día, cuando estaban hablando de la antigua RDA y el régimen de la Stasi, que obligaba a la gente a delatarse de una manera atroz, ella expuso la idea de que ninguno de nosotros era verdaderamente consciente de su valentía o su cobardía, porque en estos tiempos esas cualidades rara vez se ponían a prueba. Curiosamente, él no estaba de acuerdo: dijo que sabía que, si se viera en esas circunstancias, sería de los primeros en vender a su vecino. Y en ese momento mi hermana vio por primera vez con claridad al extraño que había dentro del hombre con el que compartía su vida, aunque evidentemente hubo muchos otros incidentes a lo largo de su matrimonio que podrían haberle indicado quién era su marido en realidad, si él no hubiera logrado convencerla de que los había soñado o se los inventaba.

»Las hijas de mi hermana iban de éxito en éxito, y superaron con creces a mis hijos en los exámenes finales, a pesar de que ellos iban bien en los estudios. Mis hijos eran tranquilos y estables; ya sabían qué carreras querían hacer —uno ingeniería y otro desarrollo de *software*—, y mientras se preparaban para dejar el colegio y salir al mundo, yo tenía la confianza de que serían ciudadanos responsables; es decir, que mi marido y yo habíamos cumplido con nuestra obligación. Fue entonces cuando me planteé la posibilidad de empezar a practicar algunos de esos principios feministas que había estado divulgando por todas partes. La verdad es que me había preguntado muchas veces qué encontraría fuera del reducido mundo de mi matrimonio, qué libertades y qué placeres podían estar esperándome allí: creía haberme comportado honradamente con mi familia y mi comunidad, y había llegado el momento, por así decir, de presentar mi dimisión, sin enfadar ni hacer daño a nadie, y marcharme al abrigo de la oscuridad. Una parte de mí pensaba que me merecía esa recompensa, por tantos años de autocontrol y sacrificio, pero la otra parte solo quería ganar el juego de una vez por todas, demostrarle a una mujer como mi hermana que era posible conquistar la libertad y conocerse a una misma sin necesidad de machacar públicamente el mundo entero en el proceso.

»Me imaginaba viajando sola —dijo la periodista—, a la India y a Tailandia, con una mochila, ligera y ágil después de tantos años abrumada; me imaginaba puestas de sol y ríos, las cumbres de las montañas en las noches serenas. Me imaginaba a mi marido en casa, en nuestra casa a la orilla del canal, con nuestros hijos, sus aficiones y sus amigos, y me parecía que el cambio también podía ser liberador para él, porque en los veinte años que llevábamos casados nuestras cualidades masculinas y femeninas se habían erosionado mutuamente. Vivíamos como las ovejas, paciendo juntos, acurrucados en la cama, por puro hábito y sin pensar. Consideré la posibilidad de que pudiera haber otros hombres, y lo cierto es que desde hacía mucho tiempo aparecían otros hombres en mis sueños, que normalmente estaban poblados de personas, situaciones y preocupaciones familiares. Los hombres que aparecían en mis sueños siempre eran extraños, no se parecían a nadie que conociera o hubiera visto nunca, y sin embargo me reconocían con una ternura y un deseo excepcionales, y yo también los reconocía: reconocía en sus caras algo que me parecía haber sabido alguna vez, pero lo había olvidado o no había llegado a encontrarlo, y ahora solo podía recordarlo en sueños. Naturalmente, nunca le hablé a nadie de estos sueños, de los que me despertaba con una sensación de felicidad insoportable y exquisita que se enfriaba muy deprisa con la luz del amanecer en nuestro dormitorio y se transformaba en decepción. Siempre me ha puesto nerviosa la gente que habla de sus sueños y, de pronto, tenía unas ganas enormes de contar los míos. Pero la única persona a la que se me ocurría contárselo era al propio hombre de los sueños.

»Más o menos en esa misma época —continuó—, mi marido empezó a cambiar en detalles tan pequeños que era imposible detectarlos y al mismo tiempo imposible ignorarlos. Casi parecía que se hubiera convertido en una copia o una falsificación de sí mismo, en alguien idéntico en todo, pero sin la autenticidad del original. Y lo cierto es que siempre que le preguntaba si le pasaba algo me contestaba lo mismo: que no se sentía del todo él. Les pregunté a mis hijos si habían notado algo, pero siempre lo negaban, hasta que una tarde, cuando volvieron los tres de un partido de fútbol —iban al estadio con frecuencia—, me dijeron que tenía razón, que su padre estaba distinto. Seguía sin ser posible detectar la diferencia, porque su aspecto y su comportamiento eran los de siempre. Pero en realidad no estaba allí, eso dijeron, y entonces se me ocurrió que esa ausencia podía significar que estaba teniendo una aventura. Una noche, cuando estábamos en la cocina, mi marido me dijo de pronto, en un tono muy serio, que tenía que contarme algo. En ese momento, sentí que nuestra vida se rajaba, como si alguien la cortase con un cuchillo enorme y brillante. Casi me pareció ver el cielo y el aire a través del techo de la cocina, que el viento y la lluvia entraban por las paredes. Había visto separarse a otras parejas, y normalmente era como la separación de unos gemelos siameses: una larga agonía que termina por convertir lo que antes era una sola persona en dos personas incompletas y desgarradas de dolor. Sin embargo, esta vez todo ocurría tan deprisa y de una manera tan inesperada, con un simple corte de la cuerda que nos ataba, que casi no sentí ningún dolor. Pero mi marido no estaba teniendo una aventura —dijo la periodista, levantando la cabeza hacia el cielo mate y gris y parpadeando varias veces—. Lo que tenía que decirme no era que nuestra vida en común se había terminado y que yo era libre, sino que estaba enfermo: tenía una enfermedad que no iba a precipitar su muerte, sino a convertir en un suplicio hasta el último aspecto de la vida que le quedaba por delante. Llevábamos veinte años casados, y podía vivir fácilmente otros veinte según los médicos, pero perdiendo día a día alguna faceta de su autonomía y de su fuerza; sufriría una especie de evolución a la inversa y tendría que pagar por todo lo que la vida le había dado. Y yo también tendría que pagar, porque lo único que me estaba prohibido era abandonarlo en aquel momento de necesidad, aunque hubiera dejado de quererlo, aunque quizá nunca lo hubiera querido de verdad y quizá él a mí tampoco. Aquel sería el último secreto que tendríamos que guardar —dijo—, y el más importante de todos, porque si ese secreto salía a la luz todos los demás también saldrían, y eso aniquilaría por completo la imagen que teníamos de nuestra vida y la de nuestros hijos.

»La nueva pareja de mi hermana —siguió diciendo al cabo de un rato —tiene una casa en una de las islas, en la más bonita de todas. Mi marido y yo habíamos fantaseado muchas veces con la idea de comprar una casa allí, a pesar de que no habríamos podido permitirnos ni siquiera un establo diminuto. Pero nos parecía que era lo único que nos faltaba para que nuestra familia quedara completa, y siempre lo habíamos deseado aunque no estuviera a nuestro alcance. Yo había visto fotos de esa casa, que está en un sitio maravilloso, al borde del agua. Las hijas de mi hermana salían en algunas, y, aun conociéndolas como las conozco, en las fotos me parecían dos extrañas felices. Pero nunca he estado en esa casa y nunca llegaré a conocerla, a pesar de que mi hermana cada vez pasa más tiempo allí, e incluso se queja de algunas cosas, y eso me ha llevado a pensar si algún día terminará rechazándola como ha rechazado casi todo lo que se le ha dado. Ya no sé lo que pasa por la cabeza de mi hermana, porque ya no me lo cuenta, y es precisamente ese detalle —que su vida ahora tiene un secreto propio— lo que me demuestra que esta vez por fin está dispuesta a conservar lo que tiene. Me da la sensación de que le gustaría no volver a verme nunca, incluso no volver a ver a nadie. Ha llegado al final de su viaje, un viaje que yo me he pasado la vida observando, y ha encontrado lo que buscaba, a pesar de que yo la observaba con la mayor ambivalencia. El caso es que ha desaparecido de mi vista, como si yo hubiera perdido el derecho a verla. Y no puedo superar la sensación de que me han robado todo eso.

Se quedó un rato callada, con la barbilla levantada y los ojos entrecerrados. Un pájaro se posó a sus pies en el sendero de grava, con aire interrogante, y desapareció como por arte de magia.

—De vez en cuando —continuó— he conocido gente que se ha liberado de sus relaciones familiares. Pero a veces pienso que hay una especie de vacío en esa libertad, como si para prescindir de su familia hubieran tenido que prescindir de una parte de sí mismos. Como ese hombre que se quedó atrapado en el glaciar y tuvo que cortarse el brazo —dijo, con una leve sonrisa—. Yo no pretendo hacer eso. El brazo me duele a veces, pero creo que tengo la obligación de conservarlo. El otro día me encontré en la calle con el primer marido de mi hermana. Me sorprendió verlo con traje y maletín, porque nunca lo había asociado con ese atuendo de ejecutivo: siempre había sido un hombre de perfil artístico y bohemio, y el hecho de que nunca se hubiera rebajado a trabajar en una oficina —aunque eso significara que su familia tuviera que pasar algunas estrecheces—, de que nunca condescendiera a relacionarse con esa clase de gente, creo que era una de las cosas que a mi marido le reventaban de él. Era mi hermana la que llevaba el dinero a casa, y hasta decía que se alegraba, por sus principios feministas, pero supongo que después del divorcio él tuvo que valerse por sí mismo. La verdad es que yo admiraba en secreto el desprecio de mi cuñado por los hombres convencionales, y en el fondo lo compartía; por eso me sorprendió, como digo, verlo vestido de esa manera. Nos vimos de lejos, nos miramos a los ojos, y sentí que mi cariño por él florecía de nuevo, a pesar de todo lo ocurrido. Ya lo tenía muy cerca y estaba a punto de abrir la boca para decir algo, cuando vi en su expresión un odio tan brutal que por un momento pensé que iba a escupirme. En vez de eso, lanzó un bufido al pasar a mi lado. Fue un ruido como el de un animal, y me impresionó tanto que me quedé un buen rato parada en la calle después de que él se alejara. Las campanas rompieron a tocar al mismo tiempo que se ponía a llover, y me quedé mirando el suelo, donde el agua empezaba a acumularse y a mostrar el reflejo invertido de la gente, los árboles y los edificios. Las campanas tañían sin parar, y debía de ser una ocasión especial, porque creo que nunca las había oído tocar tanto: me pareció que no iban a callarse nunca. La melodía que interpretaban se volvió cada vez más frenética y absurda. Pero mientras seguían sonando fui incapaz de moverme, y me quedé allí, empapándome el pelo, la cara y la ropa, y viendo cómo el mundo se trasladaba poco a poco al espejo que tenía a mis pies.

La periodista guardó silencio, tensó la boca en una mueca extraña y siguió mirando sin parpadear con aquellos ojos enormes y la depresión de la nariz convertida en un pozo de sombra a la luz cambiante del jardín.

—Antes me ha preguntado —dijo— si creía que la justicia era una mera ilusión personal. No tengo una respuesta para eso, pero creo que hay que temerla, temerla en lo más hondo, incluso cuando ves caer a tus enemigos y te corona vencedor.

Luego, sin decir nada más, empezó a guardar sus cosas en el bolso, con movimientos rápidos y ligeros, y me tendió la mano. Me llamó la atención, al estrechársela, la suavidad y la tibieza de su piel.

—Creo que tengo todo lo que necesito —dijo—. En realidad ya había consultado todos los detalles antes de venir. Es lo que hacemos ahora los periodistas. Es probable que algún día nos sustituyan por un programa informático. He leído que ha vuelto usted a casarse —añadió—. Reconozco que me sorprendió. Pero no se preocupe, no voy a centrarme en lo personal. Lo esencial es que sea un artículo largo e importante. Si consigo terminarlo para mañana por la mañana —dijo, mirando el reloj—, es posible que lo publiquen en la edición de la tarde.

La fiesta se celebraba en un local del centro de la ciudad, y habían contratado a un guía para que acompañara a quienes quisieran ir paseando desde el hotel. Era un chico alto y delgado, con el pelo abundante, lustroso y ondulado hasta casi los hombros, y una sonrisa fija y radiante que exhibía continuamente a la vez que movía los ojos muy deprisa, como si hubiera aprendido a estar alerta a una posible emboscada.

Guiaba con frecuencia a los participantes del festival por la ciudad, me dijo, porque su madre era la directora y había decidido aprovechar sus dotes de orientación, que por lo visto eran excepcionales. Tenía un recuerdo completamente nítido de casi todos los sitios en los que había estado en su vida, y también de muchos en los que no había estado nunca, porque le gustaba estudiar mapas en su tiempo libre y ponerse retos topográficos que en general le resultaba muy gratificante resolver. Nunca había estado en Berlín, por ejemplo, pero estaba casi seguro de que si lo dejaban en el centro de la ciudad sabría encontrar su camino, incluso superar a algún berlinés para ir, por ejemplo, de la piscina de Plötzensee a la biblioteca pública en el menor tiempo posible. Había calculado que saliendo del metro en Hauptbahnhof y atravesando el Tiergarten se ahorraban varios transbordos complicados y entre diez y quince minutos. Le preocupaba que el atajo fuera menos viable en invierno, porque tenía entendido que el tiempo en Berlín podía ser durísimo, pero entonces se le ocurrió la feliz idea de que, como la piscina estaba al aire libre, era poco probable que alguien necesitara ir allí fuera de los meses de verano.

Para entonces habíamos salido de los terrenos del hotel y avanzábamos por una especie de túnel con paredes de hormigón, donde el ruido continuo del tráfico que pasaba por encima era tan fuerte que Hermann —así se había presentado nuestro guía— tuvo que taparse los oídos antes de salir disparado de repente por un callejón estrecho a mano izquierda. La dificultad de llevar de paseo a un grupo, siguió diciendo mientras esperaba a que los demás nos alcanzaran, estaba en calcular cómo llegar hasta el final todos juntos y acomodarse al mismo tiempo a los distintos estilos y ritmos de avance. Los que andaban más deprisa tenían que hacer frecuentes paradas para que los más lentos los alcanzasen: eso significaba que los más aptos tenían más posibilidades de descansar, mientras que a quienes les costaba seguir el ritmo no tenían una sola oportunidad de recuperar el aliento. Pero, si se permitía que los más lentos hicieran tantas paradas como los más rápidos, el paseo requería aproximadamente el doble de tiempo; además, los más rápidos tenían que esperar el doble, y eso creaba situaciones de aburrimiento y frustración, o de hambre y de frío. Su madre le había asegurado que sería capaz de encontrar soluciones lógicas para estos problemas, pero él se daba cuenta de que lo que a él le parecían desafíos racionales para otros eran solo metáforas, y siempre le preocupaba que pudieran surgir malentendidos. Su madre le había animado a leer libros toda la vida, no porque fuera de esas convencidas de que leer convertía a la gente en mejores personas, sino porque estudiar obras que eran fruto de la imaginación, según ella, al menos le permitiría seguir determinadas conversaciones sin confundirlas con la realidad. De pequeño le alteraban mucho los cuentos, y seguía molestándole que le mintieran, pero había llegado a comprender que a otros les gustaban la exageración y la fantasía hasta el extremo de confundirlas a menudo con la verdad. Había aprendido a abstraerse mentalmente en esas situaciones, añadió, repasando pasajes memorizados de textos filosóficos y recordando determinados problemas matemáticos, o a veces simple-

mente recitando los horarios de autobuses más complicados de su repertorio, hasta que pasaba el momento.

Los demás ya habían doblado la esquina del callejón,
y Hermann reanudó el paso y continuó a buen ritmo
hasta que llegamos a un parque público, donde una vez
más se detuvo a esperar en un sendero. El parque era
muy agradable, dijo, aunque tenía mala fama, porque
sus índices de criminalidad eran más altos que los de
otros parques de la ciudad. También era un atajo muy
cómodo para ir en bici desde su casa, al otro lado del
río, hasta el instituto: diez minutos menos que el mismo
trayecto por las calles. Le asombraba que sus compañeros, que en muchos casos hacían el mismo recorrido o
alguno similar, no hubieran hecho el sencillo cálculo que
demostraba que el riesgo de accidentes era mayor en la
calle que en el parque, y siguieran optando por la alternativa más peligrosa. Los padres de sus amigos, lo reconocían, les insistían en que fueran por la calle, y su
madre le había explicado esta anomalía diciéndole que
las bases biológicas de la maternidad eran la antítesis de
la razón, y por tanto podía considerarse como un sistema de lógica inversa. En general ella era una persona
lógica, dijo Hermann, y aunque ella misma admitía que
era casi imposible criar a un hijo sin que los sentimientos
interfirieran en su educación, tenía que reconocer que
había puesto todo de su parte para alcanzar ese objetivo,
porque siempre le había apoyado en la elección de su
ruta, incluso después de que el director del instituto le
manifestara su preocupación por la seguridad de su hijo.

El parque era una extensión de césped larga y en pen-
diente que bajaba hasta la orilla del río, con amplios
caminos de tierra para pasear y bancos en los que sen-

tarse al atardecer. A lo lejos se veía a un grupo de hombres con chalecos reflectantes, formando un círculo sobre el césped, y Hermann me explicó que su trabajo consistía en que nadie se acercara a esa parte del parque. En un intento de regenerar la zona, habían construido recientemente una sala de conciertos que representaba un triunfo del consenso, en la medida en que había logrado satisfacer tanto las ambiciones de progreso de los planificadores urbanísticos como la determinación de los ecologistas de conservar las cosas tal como estaban. En lugar de destruir el parque para hacer el edificio, el arquitecto había tenido la genialidad de construir un auditorio subterráneo. Pero cuando terminaron las obras y la vida del parque volvió a la normalidad —sin que en la superficie hubiera cambiado absolutamente nada—, descubrieron que la acústica de la sala funcionaba al revés. En lugar de amplificar la música, hasta las pisadas de una sola persona que pasara por el césped llegaban a cobrar proporciones ensordecedoras.

Como la clave del proyecto era que el edificio no se viera y que no alterase el aspecto del parque, les pareció absurdo poner una barrera o una verja alrededor de una zona del césped aparentemente vacía, y por eso mismo —porque no se apreciaba ningún cambio—, la gente seguía cruzando el césped como de costumbre. La solución que encontraron para este problema fue contratar a aquellos hombres, para que formaran una barrera humana cuando se celebraba un concierto. Lo que no habían sabido ver, dijo, intensificando su sonrisa radiante, es que una verja o un letrero tienen un significado claro para todo el mundo, mientras que un individuo con un chaleco reflectante necesita explicarse. Cuando la gente se acercaba a determinadas horas del día a esa zona del césped por la que en cualquier otro momento podía transitar libremente, uno de aquellos hombres tenía que explicarle que no podía pasar por allí, y este procedimiento tan complicado, dijo Hermann, se repetía a diario y de continuo, hasta que inevitablemente hubo agresiones e intentos de paso por la fuerza, porque ninguna ley impedía cruzar el césped, y ni siquiera el hecho de que debajo se estuviera celebrando un concierto parecía justificación suficiente para que algunos se avinieran a cambiar su ruta. Al mismo tiempo, la gente que asistía al concierto se indignaba por el ruido y pedía que le devolvieran el dinero. Tenía entendido que algunos de los incidentes habían llegado a los tribunales, y como el propósito de la ley es determinar la objetividad, sería interesante ver sus resultados. Le gustaba estudiar detalles legales complicados en su tiempo libre, añadió, porque algunos eran de lo más entretenidos. Su favorito era el caso de una mujer que iba conduciendo cuando le entró un enjambre de abejas por la ventanilla del coche, que había bajado unos centímetros porque hacía mucho calor. Con el pánico consiguiente, se estrelló contra el escaparate de una pastelería y causó importantes daños —aunque por fortuna no hubo que lamentar pérdidas humanas— de los que ni ella ni su compañía de seguros se creían responsables, pero el juez desbarató su creencia por completo.

Le pregunté a Hermann a qué instituto iba, y dijo que era una escuela especializada en matemáticas y ciencias que admitía estudiantes de todo el país. Antes de eso había ido a la escuela de su barrio, y no le gustaba demasiado, aunque hacia el final de esa etapa se había vuelto muy popular entre sus compañeros, cuando corrió la voz de que podía ayudarlos en la preparación de sus reválidas. Con los profesores no se llevaba tan bien, porque a veces les oía criticar a su madre por las cosas que él hacía, y eso le dolía mucho, pero como ella nunca le criticaba, dio por hecho que no estaba haciendo nada malo. Estaba en la naturaleza humana, le dijo su madre, que la gente tratara con crueldad a otras personas simplemente porque a ellos los habían tratado con crueldad: la repetición de los patrones conductuales era la extraña panacea con la que la mayoría de la gente intentaba paliar el sufrimiento causado precisamente por esos mismos patrones. Había intentado encontrar el modo de expresar esta contradicción a través de una fórmula matemática, pero como era intrínsecamente ilógica, de momento no lo había conseguido. Hasta donde él sabía, un problema no se resolvía por el mero hecho de replantearlo hasta el infinito, a menos que uno confiara en que la propia infinitud eliminase determinados factores.

Los demás empezaban a acercarse por el sendero, y Hermann echó a andar por la pradera hacia el río, señalando exageradamente con la mano levantada por encima de la cabeza para indicar la dirección. Me pedía disculpas, dijo, si me resultaba demasiado hablador: le gustaba hablar y, como su madre siempre le había animado a hacer preguntas, le sorprendía ver que la gente rara vez se preguntaba nada. Había llegado a la conclusión de que la mayoría de las preguntas no eran más que intentos de ratificar un acuerdo, como los problemas matemáticos más rudimentarios. Dos más dos normalmente era igual a cuatro: pero si dabas una respuesta distinta, lo había comprobado, entonces la gente se alteraba.

Según su madre, de pequeño no había dicho una sola palabra hasta los tres años. Ella se acostumbró a hablar en voz alta, sin esperar respuesta, y por eso se quedó pasmada cuando, un día, mientras buscaba las llaves y se preguntaba dónde las había dejado, él le informó desde su trona que tenía las llaves en el bolsillo de su abrigo, que estaba colgado en el vestíbulo. Desde entonces hablaba sin parar, y, si a su madre le molestaba, siempre había tenido la delicadeza de no decirlo. Curiosamente, se había hecho amigo de un compañero de la escuela que pronunciaba mal todas las palabras que decía, porque aunque tenía un vocabulario impresionante, había leído mucho más de lo que había hablado, y en conversaciones complicadas como las que tenía con Hermann, pronunciaba en voz alta palabras que hasta entonces solo eran para él una secuencia de letras con sentido. Hermann se sentía afortunado de haber podido hablar tanto con su madre, que entendía casi todo lo que él le decía: se había dado cuenta de que ese no era el caso entre muchos padres e hijos.

Lo que le gustaba de su escuela, dijo, era en parte que por primera vez estaba conociendo gente con experiencias parecidas a las suyas y con una visión del mundo muy similar. Le hacía gracia pensar en la cantidad de tiempo que había pasado sentado, mirando por la ventana de su dormitorio, mientras otras personas hacían lo mismo en otros sitios y pensaban cosas similares, cosas en las que nadie más parecía pensar. Dicho de otro modo, había dejado de estar en minoría; incluso había descubierto que algunos de sus compañeros tenían conocimientos superiores a los suyos en determinados campos, por ejemplo su amiga Jenka, con quien pasaba mucho tiempo. Se llevaba de maravilla con Jenka, y sus madres también se habían hecho buenas amigas. Poco antes se habían ido juntas de vacaciones, a hacer senderismo por los Pirineos, y como eran las primeras vacaciones que su madre se tomaba sin él, esperaba que no lo hubiera echado demasiado de menos. Jenka y él eran completamente distintos, añadió, y esa parecía ser curiosamente la razón de que fueran amigos. Por ejemplo, Jenka hablaba muy poco, mientras que a él le costaba callarse: eso era un ejemplo de compatibilidad, de cómo dos extremos se modifican al combinarse. En la escuela, algunos decían que Jenka probablemente fuera la persona de su edad más inteligente de todo el país. Ella nunca decía nada que no fuera importante, y eso te hacía ver que lo que la gente decía normalmente —y él se incluía en el lote— no tenía la menor importancia.

A final de curso, siguió diciendo, su escuela entregaba un premio especial a los dos estudiantes más sobresalientes, chico y chica. Era interesante que en la concesión de este premio se tuviera en cuenta el factor de género por encima de la excelencia: al principio le pareció ilógico, pero luego llegó a la conclusión de que el género nunca había sido un factor determinante para él y por tanto quizá no estuviera en condiciones de comprender plenamente su significado. Le interesaría conocer mi opinión a ese respecto, si es que tenía alguna. Su madre, por ejemplo, creía que hombres y mujeres eran identidades distintas pero iguales, y que conceder dos premios era la manera más sabia de reconocer los logros humanos. Pero mucha gente pensaba que debería haber un solo premio, para el mejor estudiante. La distinción de género, consideraban, disminuía el triunfo de la excelencia.

Le pareció interesante la respuesta que le dio su madre a esto: sin esa distinción, dijo, no habría manera de garantizar que la excelencia permaneciera en el marco moral y se pusiera al servicio del mal. A él este argumento le había parecido un poco anticuado, y le llamó la atención, porque su madre normalmente tenía ideas muy progresistas. Le sorprendió en particular que emplease la palabra «mal». A veces pensaba cómo sería la vida de su madre el año siguiente, cuando él se fuera a la universidad, pero aunque pudiera parecer que tenía ciertos talentos, la imaginación no estaba por desgracia entre ellos.

Habíamos llegado a la orilla del río y en ese momento íbamos por un sendero más ancho, donde había gente sentada en la terraza de los cafés, tomando cerveza en jarras grandes y luminosas, charlando, mirando sus teléfonos móviles o absorta en el agua grisácea. No quedaba mucho para llegar a nuestro destino, dijo Hermann, pero aquel tramo era el más peligroso del trayecto, porque estaba más concurrido, y la posibilidad de que algo saliera mal aumentaba en proporción directa al tamaño del elemento humano. Además, nuestra conversación le estaba resultando muy interesante, y por eso corría el riesgo añadido de olvidar adónde iba. De todos modos, le gustaría conocer mi opinión sobre algunos detalles del debate, en particular sobre las observaciones de su madre, si es que había sabido transmitírmelas con precisión.

Le dije que me había sorprendido esa idea del enfoque de género como un baluarte contra el mal, porque el mito bíblico daba precisamente la impresión contraria: que lejos de evitar el mal, la diferencia entre lo masculino y lo femenino nos hace especialmente propensos a él. Eva actúa influida por la serpiente y Adán influido por Eva. No entendía mucho de matemáticas, dije, pero me interesaba saber si eso podía expresarse con una fórmula, y en caso afirmativo, si la serpiente sería el elemento ilógico. Es decir, me imaginaba que sería complicado asignar un valor a la serpiente, que podía ser algo y todo al mismo tiempo. Lo único que esa historia demuestra, dije, es que Adán y Eva son igualmente vulnerables a la influencia, aunque por motivos distintos.

Hermann frunció el ceño y contestó que sería más sencillo verlo como una figura geométrica: si se expresaba como un triángulo, por ejemplo, la relación Adán/Eva/Serpiente sería más tangible, porque la función de triangulación consiste en unir dos puntos a través de un tercero, con el fin de establecer la objetividad. Si me interesaban las metáforas, añadió, la función de la serpiente sería únicamente la de crear un punto de vista desde el que observar la debilidad de Adán y Eva, y por tanto la serpiente podía ser la representación de todo lo que triangula la relación de dos identidades, lo mismo que el nacimiento de un hijo puede triangular a sus padres. Continuó diciendo que, en lo relacionado con este último punto, su caso personal era más complejo, ya que las circunstancias lo habían forzado a interpretar el papel de Adán, por así decir, frente al de Eva de su madre. No conocía a su padre, que había dejado el planeta unas semanas antes de que él llegara: le preocupaba no haber sido capaz de introducir esta información en la conversación hasta ese momento y se alegraba de que le diera la oportunidad de hacerlo. Lo cierto era que se había preguntado muchas veces si su madre y él deberían

formar un triángulo y, de ser así, con quién. Lamentablemente, el único papel disponible era el de la serpiente, y confesaba que había estado alerta a la posible aparición de esa inquietante presencia. Pero su madre no
había vuelto a casarse hasta la fecha, a pesar de que era
muy guapa —esto era una opinión meramente personal,
claro—, y una vez, cuando él le preguntó qué posibilidades había de que pudiera casarse algún día, su respuesta fue que dar ese paso significaba convertirse en
dos personas y ella prefería seguir siendo una sola. Su
madre hablaba pocas veces figuradamente, porque sabía
que a él le ponía nervioso; sin embargo, comprendió que
en aquella ocasión decidiera hacerlo como mal menor,
si le permitía yo emplear de nuevo esta palabra. Lo que
su madre quería decir, creía él, era que su función biológica como madre sería incompatible con la función de
mujer casada con un hombre con quien él no tendría
ninguna relación biológica, y al comprenderlo se sintió
tan culpable que casi llegó a pensar que lo mejor que
podía hacer era irse de casa de inmediato y buscar la
manera de destruirse. Pero ella, felizmente, le aclaró que
estaba contenta con las cosas tal como eran.

Volviendo al tema del premio de su escuela, dijo, el
nombre que le habían dado era *Kudos*, que en griego
significaba «honor» o «prestigio». Quizá supiera yo que
kudos era en su origen un sustantivo singular, posterior-
mente convertido en plural: en realidad nunca había
existido un *kudo* propiamente dicho, aunque en su uso
moderno, su significado se había visto alterado por la
confusa presencia de un sufijo plural, de manera que
kudos significaba literalmente «galardones», mientras
que en su forma original implicaba un concepto más

amplio de reconocimiento o mérito, además de sugerir algo que alguien puede reclamar espuriamente para sí. Por ejemplo, hacía unos días había oído hablar a su madre por teléfono, quejándose de que la junta directiva se estaba arrogando el *kudos* del éxito del festival, cuando era ella quien había hecho todo el trabajo. A la luz de los comentarios de su madre sobre lo masculino y lo femenino, la elección de este plural artificial le pareció muy interesante: lo individual quedaba sustituido por lo colectivo, aunque él creía que la cuestión del mal seguía estando completamente abierta. Había investigado el asunto a fondo, pero no había sido capaz, lo reconocía, de encontrar nada que corroborase el uso que su madre hacía de esta palabra en un contexto de apropiación indebida. ¿Era posible dar un premio a quien no lo merecía, aun cuando se hiciera sin mala intención?

No había preguntado en la escuela si este premio —tal vez había olvidado mencionar que lo había ganado él, junto con su amiga Jenka— era un *kudo* o un *kudos*, aunque sospechaba que a la escuela no le interesaba demasiado esta perspectiva gramatical. Había sido muy agradable ganar el premio: su madre estaba contentísima, aunque tuvo que pedirle que no se pusiera innecesariamente sentimental.

Los demás se habían rezagado en el camino y tuvimos que pararnos y esperar a que nos alcanzaran. Sonó mi teléfono, y en la pantalla apareció el nombre de mi hijo.

—Adivina lo que estoy haciendo ahora mismo —dijo.

—Tú dirás.

—Salir del colegio por última vez.

—Enhorabuena —dije.

Le pregunté qué tal le había ido el examen final.

—Sorprendentemente bien —contestó—. Hasta me he divertido.

Quizá yo recordara, dijo, que había dedicado mucho tiempo a indagar en un asunto —la historia de las representaciones de la Virgen— que nunca se había tratado en los trabajos que consultaba. Lo había estudiado a fondo, siempre con la duda de si tanto esfuerzo merecía la pena, y al mismo tiempo sin llegar a convencerse de que fuera mejor dejarlo. Al abrir el sobre del examen, resultó que la primera pregunta estaba relacionada con ese tema.

—Tenía tantas cosas que decir que casi me he olvidado de que estaba haciendo un examen —dijo—. La verdad es que ha sido un placer. No me lo podía creer.

Le contesté que debería creérselo, porque tenía una explicación concreta: había estudiado mucho.

—Supongo que sí —dijo. Y nos quedamos callados—. ¿Cuándo vuelves a casa? —preguntó.

Cuando colgué el teléfono, Hermann me preguntó si mi hijo o mis hijos eran buenos en matemáticas. Le contesté que ninguno de los dos se había interesado por esa materia, y a veces me preocupaba que pudiera ser porque mis intereses personales iban en otra dirección y, sin querer, les había presentado determinados aspectos del mundo como más reales y más importantes que otros. Hermann sonrió, encantado con la imposibilidad de esta idea. No tenía ningún motivo para preocuparme por eso, dijo: sus investigaciones habían demostrado que la influencia de los progenitores en la personalidad de sus hijos tiene un resultado prácticamente nulo. El efecto de un progenitor reside únicamente en la calidad de sus cuidados y del entorno del hogar, lo mismo que una planta se marchita o prospera según dónde se ponga y cómo se cuide, aun cuando su estructura orgánica siga intacta. Su madre, por ejemplo, recordaba que en un momento dado, cuando él tenía entre cuatro y cinco años, dejó de ser capaz de responder a las preguntas que él le hacía sin consultar primero un libro de texto. O sea, que su interés por las matemáticas era previo a cualquier intento de animarlo o frustrarlo; a menos que yo me hubiera excedido al evitar que mis hijos desarrollaran ese interés, era muy improbable que tuviera algo que ver con eso.

Le dije que, al contrario de él, conocía a mucha gente cuyas ambiciones eran consecuencia de la influencia de sus padres, y a muchas otras personas que por la misma razón no habían podido convertirse en lo que querían. Según mi experiencia, los hijos de los artistas eran particularmente susceptibles a los valores de sus padres, como si la libertad de una persona se transformara en el yugo de la otra. Me asqueaba especialmente esta idea, añadí, porque insinuaba algo más que simple negligencia o egoísmo, una especie de egolatría singular que buscaba eliminar los peligros de la creatividad convirtiendo a los demás en esclavos del punto de vista personal. Y había también personas que habían adquirido lo que podían parecer talentos divinos por pura fuerza de voluntad. Es decir, no aceptaba la primacía de la predeterminación: retomando sus observaciones sobre las plantas, esa analogía excluía la posibilidad de que los seres humanos pudieran crearse a sí mismos.

Hermann se quedó un rato callado, contemplando los reflejos quebrados de los objetos en el agua. Creía que Nietzsche, dijo luego, había adoptado como lema una frase de Píndaro: «Conviértete en lo que eres». Quizá, dicho de otro modo, podíamos estar de acuerdo en que no estábamos de acuerdo, siempre y cuando esa frase significara lo mismo para ambos. Si me había entendido bien, yo atribuía a factores externos la capacidad de transformar la personalidad, mientras que al mismo tiempo creía en la capacidad individual de determinarse, incluso de transformar la propia naturaleza. Reconocía que él había tenido mucha suerte de que nadie, hasta el momento, hubiera intentado impedirle ser lo que era; quizá yo no hubiera tenido tanta suerte. Pero la frase era interesante, en la medida en que postulaba el ser como verdad absoluta, hasta el punto de que el *cogito ergo sum* parecía francamente banal. Una primera respuesta podía estar en cómo algo puede transformarse en lo que ya es: creía que habíamos establecido los parámetros para desarrollar una conversación muy interesante sobre el tema. Tal vez, si tenía yo algún rato libre en los próximos días, pudiéramos continuar.

Los demás ya se acercaban, y Hermann se calló para contarlos. Señaló que había llegado el mismo número de gente que salió del hotel: suponía que quizá debiera considerar la posibilidad, dado que no había puesto demasiada atención, de que alguno o algunos miembros del grupo hubieran sido sustituidos por otros a lo largo del camino, aunque en conjunto era bastante improbable. El local estaba justo al otro lado del puente, dijo: si miraba lo vería desde allí. Confiaba en que su compañía no me hubiera resultado un fastidio. Era consciente de que no siempre sabía distinguir si su presencia era grata o no. Para él, sin embargo, el paseo había sido muy agradable.

Había una buena cola para comer en el bar, porque los camareros no sabían cómo manejarse con el sistema de cupones. La sala era un espacio moderno y cavernoso, con un techo de cristal alto y flotante que amplificaba el barullo de la música y la conversación a la vez que empequeñecía a la gente, de manera que la situación parecía atrapada en un ambiente de pánico que la presencia de tantas superficies reflectantes no hacía más que aumentar. Había oscurecido, y la luz eléctrica de los edificios exteriores se derramaba como una lluvia de lanzas entrecruzadas a través del techo de cristal, mientras la masa negra del río ondulaba justo debajo de las ventanas y el reflejo de la gente que estaba en el hotel se interponía en los remolinos del agua.

El problema, señaló una mujer que estaba a mi lado, era que el valor de los cupones no se correspondía con los precios de la comida, y aún no habían resuelto la manera de dar el cambio. Además, algunos querían comer y beber más que otros, pero a todos nos habían asignado la misma cantidad. Ella, personalmente, comía poco, porque era pequeña y ya tenía cierta edad, pero un hombre con apetito necesitaría el triple. De todos modos, comprendía que habría sido imposible para el hotel ofrecer barra libre a los invitados, dándoles un número infinito de cupones, y también injusto discriminarlos por sus distintas necesidades, porque ¿quién podía decir cuáles eran las necesidades de los demás? Y llegados a este punto, dijo, mirando con resignación la cola y a los desconcertados camareros que deliberaban largo y tendido, mientras los invitados empezaban a dar signos de impacientarse, se temía que al final no nos dieran nada. Inventamos estos sistemas para garantizar la justicia, dijo, pero las situaciones humanas son tan complicadas que siempre escapan a nuestro control. Mientras libramos la guerra en un frente, en otro se ha desatado el caos, y muchos regímenes han llegado a la conclusión de que el individualismo es la causa de todos los problemas. Si todos fuéramos iguales y tuviéramos el mismo punto de vista, nos resultaría mucho más fácil organizarnos. Y es ahí donde empiezan las complicaciones.

Era una mujer diminuta y enérgica, con el cuerpo de una niña, la cara amplia, huesuda y sagaz, los párpados caídos y unos ojos que insinuaban una paciencia casi reptiliana, por lo poco y lo despacio que parpadeaban. Había asistido a mi charla esa tarde, añadió, y le había sorprendido, como siempre, la inferioridad de ese tipo de ocasiones con respecto al trabajo sobre el que versaban, que se abordaba solo tangencialmente y de una manera cada vez más insulsa, sin penetrar en lo esencial. Paseamos por los jardines, dijo, pero nunca llegamos a entrar en el edificio. El objetivo de estos festivales le resultaba cada vez menos claro, a pesar de que estaba en la junta directiva. Aunque el valor personal de los libros, al menos para ella, iba en aumento, seguía teniendo la sensación de que el intento de convertir en asunto público lo que era un pasatiempo privado —leer y escribir—, estaba generando una literatura propia, en el sentido de que muchos de los escritores invitados destacaban en sus apariciones públicas, pero producían obras que, en su opinión, eran francamente mediocres. Para esas personas, dijo, solo existen los jardines: el edificio ni siquiera está o, si está, no es más que una estructura temporal que se vendrá abajo con la próxima tormenta. Pero reconocía, añadió, que su edad quizá tuviera algo que ver con su hartazgo. Cada vez se alejaba más de lo contemporáneo para volver a los hitos de la historia de la literatura. Había releído recientemente a Maupassant, y le había parecido tan fresco y seductor como lo fue en su momento. Mientras tanto, el gigante imparable de la literatura comercial seguía triunfando, aunque tenía la sensación de que el matrimonio entre ambos principios —negocio y literatura— no pasaba por su mejor momento. Bastaría con un mínimo cambio en los gustos del público, con la decisión irreflexiva de gastarse el dinero en otra cosa, para que todo —la industria global de la edición de ficción y sus empresas auxiliares— se derrumbara en un instante, mientras que la pequeña roca de la auténtica literatura seguiría en pie, donde siempre había estado.

Llevaba un chal de seda negra, que se apartó para ofrecerme una mano pequeña y huesuda, llena de brillantes y de sortijas antiguas, y se presentó con un nombre tan largo y complicado que tuve que pedirle que me lo repitiera. Puede llamarme simplemente Gerta, dijo, zanjando la cuestión con una sonrisa en los labios finos. Lo demás era un trabalenguas inútil. Dentro de dos décadas, añadió, nadie se acordaría de esos apellidos, aunque para sus dueños fueran una responsabilidad sagrada. Tenía cuatro hijos, y a ninguno le importaba lo más mínimo quién fuera a heredar esos derechos de cuna. Lo único que le habían dicho, hacía poco, era que no los dejara en una situación que pudiera suscitar peleas, y era cierto que su propia generación se había visto enredada en rencillas y contiendas formidables por cuestiones de herencias. Pero a sus hijos no les interesaban el dinero ni las tierras, quizá porque siempre lo habían tenido y habían visto de lo poco que les servía. O, más bien, porque habían visto lo suficiente para comprender que la línea que los separaba de sus antepasados era finísima, y que a su madre le bastaba con inclinar la balanza en una u otra dirección para condenarlos a todos al mismo destino. Le habían instado docenas de veces a que vendiera las fincas de la familia y disfrutara de esos ingresos mientras viviera, hasta la última gota, dijo riéndose, como si este cuerpo mío, con lo débil que es, fuera capaz de consumir todo nuestro patrimonio en placeres efímeros. Su padre, añadió, era de una frugalidad extraordinaria: los últimos años de su vida se había alimentado únicamente de galletas saladas y taquitos de queso: tenía fama de presentarse en grandes cenas con una botella de vino de supermercado ya abierta, de la que quizá había tomado una sola copa en las semanas previas, mientras sus anfitriones quizá esperaban un regalo de sus magníficos viñedos. Era este ascetismo de su padre, dijo, que ella siempre había interpretado como la voluntad de no comerse la fortuna familiar, lo que le impedía vender o renunciar a su legado. Aunque ahora, añadió, ya no sabía decir si esta característica de su padre era una especie de vicio o un modo de expresar su rabia. Su padre había reconstruido con enorme esfuerzo una fortuna diezmada por dos guerras mundiales, pero ella creía que el trauma de su infancia le había hecho más daño que el trauma histórico. Cuando era niño, dijo, y la finca estaba en su mayor momento de esplendor, los criados se arrodillaban delante de él para ofrecerle los frutos de la caza o la cosecha del día. Tenía una niñera que mató a su conejo blanco, para castigarle por alguna travesura, y al día siguiente apareció luciendo la estola que se había hecho con la piel del pobre animal. Es imposible sobreponerse, dijo, a tanta grandiosidad y tanta crueldad, o a la fatídica combinación de ambas. La historia avanza como una apisonadora, señaló, aplastando todo lo que encuentra en su camino, mientras que la infancia mata las raíces. Y ese es el veneno que se filtra en el suelo.

De todos modos, en el fondo creía que sin historia no había identidad, y por eso no llegaba a entender ni la falta de interés de sus hijos por su pasado ni su devoción al culto a la felicidad. El suyo es un mundo sin guerra, dijo, pero es también un mundo sin memoria. Perdonan con tanta facilidad que casi parece que todo les da igual. Son buenos con sus hijos, mejores de lo que nunca lo ha sido nuestra generación, y sin embargo me parece que en sus vidas no hay belleza. Guardó silencio y parpadeó despacio.

—Hace quince años —siguió diciendo—, cuando nuestro hijo menor se fue de casa, mi marido y yo hablamos de divorciarnos, y, aunque los dos queríamos ser libres, no estábamos preparados para causar dolor a nuestros hijos, desmantelando el mundo que conocían. Pareció suficiente con que los dos reconociéramos ante el otro lo que sentíamos, y así hemos seguido, viviendo más o menos como antes, aunque con este reconocimiento por parte de ambos. Mi marido se ocupa de la finca, porque así es como siempre se ha sentido útil y necesario, y yo me ocupo de la administración y otras obligaciones públicas relacionadas con mi interés por el arte. Nos hablamos muy poco, y como la casa es tan grande, a veces podemos pasar varios días sin vernos. Recibimos muchos invitados, porque la finca está en una zona preciosa del campo, y tengo muchos amigos escritores a los que les parece un sitio perfecto para trabajar. Puede ser que me asegure de tener siempre compañía para que mi marido y yo no estemos solos. Nuestros hijos y nietos también vienen a pasar temporadas con nosotros. Siempre llegan cargados con montones de chismes de plástico, con sus comidas especiales y sus juegos electrónicos, y nos encuentran juntos como siempre, solo que lo que antes existía entre nosotros ya no existe. Y a veces pienso si no les habremos hecho un flaco favor ahorrándoles ese sufrimiento, que quizá pudiera haberles ayudado a despertar a la vida, aunque al mismo tiempo sé que eso nunca sería así, que es mi propia creencia en el valor del sufrimiento lo que me lleva a pensarlo. Soy de las que creen que no puede haber arte sin sufrimiento, y estoy convencida de que mi amor por la literatura viene sobre todo del deseo de confirmar esa creencia. A veces, cuando me despierto temprano, me gusta salir a pasear por nuestras tierras, porque eso me ratifica en que he acertado en mis decisiones. Las mañanas de principios de verano, cuando el sol empieza a levantarse entre la bruma, ese paisaje tiene una belleza que no se puede expresar con palabras. Sigue siendo la mayor alegría que conozco, aunque también tiene su lado cruel, porque cuando más hermoso está es capaz de producirme la ilusión de que quizá podría haber conocido otras alegrías mayores si el destino no me hubiera ofrecido esta. —Volvió a sonreír con los labios finos y añadió—: Podría ser que solo cuando ya es demasiado tarde para escapar nos demos cuenta de que siempre hemos sido libres.

Iba a tener que irse sin comer nada, dijo, porque la cola apenas se había movido en todo ese rato: tenía que madrugar al día siguiente para cuidar de sus nietos, y de todos modos ya no tenía el cuerpo para quedarse hasta tarde en las fiestas.

—Espero que volvamos a vernos —añadió, poniéndome en la mano una tarjeta blanca que sacó de entre los pliegues del chal—. Como ya le he dicho, a muchos escritores mi casa les parece un sitio perfecto para trabajar, y además hay espacio de sobra: nadie la molestaría. Confío en que me tome la palabra —insistió, ojeando la sala despacio y sin parpadear. A unos metros de nosotras, vi a un hombre lánguido, apoyado en un bastón, al que al principio tomé por el marido de Gerta, al ver que ella lo miraba fijamente, aunque luego caí en la cuenta de que, a pesar de lo demacrado y mayor que parecía, no tenía más de cuarenta y cinco años. Se acercó renqueando y saludó a Gerta, que le besó con cariño en las dos mejillas.

—Me ha pillado justo cuando me iba. Soy demasiado mayor para tanta gente y tanto ruido.

—Tonterías —contestó él. Tenía acento irlandés, mezclado con una leve nota transatlántica—. Todavía no han puesto su música favorita. ¿Qué tal estás? —me preguntó a mí.

—Se conocen, por supuesto —asintió Gerta.

Ryan dijo que hacía años, pero sí: habíamos coincidido un par de veces.

Arrugó la frente, como si tuviera que hacer un esfuerzo para recordar la última ocasión. La piel de la cara, caída y flácida como la de un payaso, le formaba unos pliegues que acentuaban sus cambios de expresión, y bajo aquella luz tan dura sus facciones cobraban una apariencia fantasmagórica, casi macabra. Llevaba un traje de lino claro igualmente caído en pliegues sueltos y exagerados por la iluminación artificial, como si fuera envuelto en vendas. Parecía un hombre golpeado por una situación extrema, incluso por una fuerza punitiva que después de hostigarlo lo hubiera dejado vapuleado, consumido y renqueante, una apariencia que el bastón contribuía a exagerar. Me pregunté qué había hecho para merecer eso, y si yo era responsable de algún modo, porque alguna vez había pensado que la gente como Ryan vivía en la impunidad.

—Ryan ha hablado en el Ayuntamiento esta noche —dijo Gerta, levantando trémulamente la voz por encima del ruido—. Ha tenido un éxito rotundo.

—El público era estupendo —contestó Ryan.

—El tema de su charla era la unión en tiempos de egoísmo —me explicó Gerta—. Ha sido una mesa muy interesante. Ryan ha causado un buen revuelo.

—Solo me he limitado a decir que no son opciones mutuamente excluyentes.

—Es un tema de actualidad —señaló Gerta—, ahora que los británicos están pensando en pedir el divorcio.

—Me declaro inocente —dijo Ryan con alegría—. Soy un irlandés felizmente casado.

—Será un gran error —insistió Gerta—, como probablemente lo es siempre.

Ryan le restó importancia con un ademán de la mano que tenía libre mientras sujetaba el bastón con la otra.

—No llegará a ocurrir —contestó—. Es como cuando mi mujer me amenaza con dejarme los viernes por la noche, cuando se ha tomado unas copas. El halcón no solo escucha al halconero, sino que tiene la costumbre de comer de su mano.

Gerta se echó a reír.

—Maravilloso —exclamó.

—Lo único que se puede afirmar con certeza de la gente —añadió Ryan— es que solo querrá ser libre cuando la libertad suponga un beneficio para sus intereses.

—Tiene que venir a vernos al campo —contestó ella, buscando por debajo del chal para darle una tarjeta blanca como la que me había dado a mí—. ¿Quién sabe? A lo mejor allí encuentra la inspiración para escribir una continuación de su fenómeno. Me gustaría pensar que hemos contribuido en algo a crear esa magia.

—Por supuesto —asintió Ryan, mirando alrededor de la sala con los ojos entornados—. Encantado de verla —dijo, estrechando la mano de Gerta entre las suyas.

—He notado que al principio no me reconocías —me dijo, cuando Gerta ya se había retirado despacio—. No te preocupes, porque la verdad es que siempre me ocurre lo mismo. Me he acostumbrado al cambio —continuó, pasándose una mano por el pelo, más largo de lo que yo recordaba y peinado hacia atrás, con un estilo más suelto—, aunque sé que impresiona a la gente que lleva tiempo sin verme. El otro día encontré unas fotos antiguas y casi no me reconocía, así que comprendo lo que se siente. Sinceramente, a veces todavía me impresiona. Uno no pierde la mitad de su peso todos los días, ¿verdad? Lo raro es que a veces tengo la sensación de que la otra mitad sigue estando ahí, solo que ahora ya nadie la ve.

Pasó un camarero con una bandeja de bebidas, y Ryan rechazó el ofrecimiento levantando la mano.

—Para empezar me he destetado de eso —explicó—. De la leche materna. Aunque tengo que reconocer que ayuda a dormir. Ahora siempre estoy despierto. Por lo visto le ocurre a mucha gente. Doy gracias por las redes sociales. No tenía ni idea de la cantidad de cosas que pasan. Casi tengo la sensación de que antes vivía en otro siglo. Ahora, en vez de pasar la resaca durmiendo, chateo a las tres de la madrugada con gente que vive en Los Ángeles y en Tokio. Mi mujer está encantada. Si los niños se despiertan ya nunca van a su cama.

Habíamos cambiado de posición, y la luz le daba ahora desde otro ángulo. Vi entonces que lo que había interpretado como señales de desgracia eran en realidad signos de éxito, y me asombró lo fácil que era confundir ambos extremos. Su traje holgado y evidentemente caro era una elegante creación de diseño desestructurado, lo mismo que el calculado desorden de su pelo. Su aspecto demacrado, me explicó, era la consecuencia de la decisión de abandonar el cuchillo y el tenedor. Lo cierto es que había sido su mujer quien lo había animado a hacer régimen, sin imaginarse que pudiera llegar tan lejos.

—La cuestión es que somos obsesivos, ¿no? No podemos dejar una idea en paz hasta que la desenterramos de raíz. He observado que muchos escritores se cuidan poco físicamente, y tengo que decir que creo que en eso hay un punto esnob. Les preocupa que si los sorprenden haciendo ejercicio y cuidando su alimentación los consideren menos intelectuales. Yo prefiero el modelo de Hemingway —dijo—, aunque sin armas y sin autodestrucción, obviamente. Pero el perfeccionismo físico… ¿por qué no? ¿Por qué tratar el cuerpo como si fuera una simple maleta del cerebro? Sobre todo con la cantidad de publicidad que recibimos ahora. Cuando te fijas en algunos de esos escritores, parece que nunca ven la luz del día. Puede que actúen así porque son un puñado de genios, pero, como digo, me parece un poco esnob. A mí personalmente se me quitan las ganas de acercarme a un escritor con pinta de vagabundo. Pienso: ¿por qué voy a fiarme de tu visión del mundo si ni siquiera eres capaz de cuidarte? Si fueras un piloto no subiría a un avión contigo. No confiaría en ti para hacer el viaje.

Su transformación había empezado un par de años antes, siguió diciendo, cuando su mujer le regaló un reloj inteligente por Navidad. Medía el ritmo cardíaco y la distancia que uno recorría. Tenía todas las trazas de ser un regalo hecho sin pensar, elegido al azar, pero ¿no era cierto que el factor aleatorio es a veces la palanca que nos saca del fango?

—De todos modos, si le soy sincero, al principio me decepcionó —dijo—. Quiero decir que tampoco es que estuviera hecho una pena: iba al gimnasio y comía más o menos cinco veces al día. Pero de pronto pensé, ¿me estoy perdiendo algo? ¿Hemos llegado a esa situación en que la gente empieza a hacerse regalos absurdos porque ya no se molesta en pensar qué quiere el otro? Evidentemente, poco después lo cambié por un modelo mucho más sofisticado. Este —me explicó, subiéndose la manga y extendiendo la muñeca para enseñármelo— no solo te dice lo que has hecho, sino lo que te queda por hacer. Puede mostrarte las consecuencias futuras de tus actos en cualquier momento del día. El anterior se limitaba a llevar un registro, pero eras tú quien tenías que interpretar los datos, y el peligro es que esas cosas pueden ser muy subjetivas.

Pero, como había dicho, esto le animó, y si su mujer se había encontrado con más de lo que esperaba era porque no había tenido en cuenta su tendencia a recoger la pelota y salir corriendo. Era increíble, dijo, pensar que la mayoría de la gente cuidaba mejor su coche que su cuerpo, aunque en realidad el organismo humano no tuviera más misterio que un motor de tipo medio. Principalmente era cuestión de matemáticas, y ahora que tenía los números a mano no había tardado en llegar a una conclusión abrumadora: mientras que siempre había pensado que su impulso venía del deseo —una fuerza que hasta entonces había manejado con dispares grados de éxito a lo largo de los años, sin llegar a dominarla nunca—, de pronto empezaba a comprender que la fuerza motriz era la necesidad; y la necesidad no solo era posible dominarla, también era posible derrotarla y erigirse en su victorioso campeón. La gente deseaba infinidad de cosas, pero ¿qué necesitábamos de verdad? Mucho menos de lo que pensábamos: con los conocimientos necesarios, ese motor podía funcionar con tanta limpieza y tanta economía que apenas dejaba huella. Esta información tenía un valor incalculable para quienes buscan las ventajas: representaba una esfera de control totalmente distinta que te permitía volverte casi invisible y por tanto invulnerable. Por otro lado, preguntarse a uno mismo lo que uno quería era empantanarse en un lodazal a la vista de todo el mundo.

—Este reloj —dijo, dándose un golpecito en la muñeca—, me dice no solo lo que necesito, sino también lo que he ganado y lo que podría haber ganado si quisiera. Eso da mucho margen.

Había empezado a consumir la mitad de alimento de

lo que el dispositivo le decía que se había ganado, y le maravillaba la sensación de poder que le causaba no tocar la otra mitad, como si los números fueran dinero guardado en el banco. Estaba acumulando capital mental, y como además corría tres o cuatro veces a la semana y nadaba los días restantes, ganaba todavía más. Poco después también quiso hacer ciclismo, pero el equipo era caro y no podía permitírselo en ese momento, hasta que se dio cuenta de que aquel equipo tan bueno facilitaba el deporte y por tanto le restaba beneficios, y decidió que era mucho mejor subir montañas con su bici oxidada de tres marchas y diez toneladas. No sabía si yo había probado a correr alguna vez, pero era muy parecido a meditar: se había puesto de moda escribir sobre eso, y pensaba intentarlo si encontraba el momento. En cuanto a la comida, ahora podía tomarla o dejarla. A veces, cuando veía comer a los demás, le impresionaba lo vulnerables que eran; se acordaba de los años que se había pasado masticando y tragando, y tenía la sensación de que al comer intentaba protegerse, cuando lo que en realidad estaba haciendo era ponerse en peligro. Era como si confiara en que comer lo ataría al mundo, en que borraría la frontera entre el adentro y el afuera. Cuando pensaba en la cantidad de basura que había ingerido, no entendía cómo había podido maltratarse de esa manera.

Efectivamente, perdió mucho peso muy deprisa, pero lo que de verdad lo cambió todo fue la palanca mental, y como su carrera profesional iba de maravilla, dio gracias a Dios por haber visto al fin la luz. Su libro llevaba seis meses en cabeza de la lista de los más vendidos del *New York Times*: sin duda yo había oído hablar de él,

aunque, a menos que estuviera al corriente de los coti-
lleos del mundillo, era poco probable que lo hubiera
relacionado con su nombre, porque lo había firmado con
seudónimo. Había contratado una socia para escribirlo,
una exalumna suya, casualmente, y decidieron hacer un
anagrama con los nombres de los dos, pero como él era
el líder, por así decir, parecía lógico que este autor ficti-
cio fuese un hombre. Reconocía que al principio le fas-
tidió que el éxito le llegara por fin con un sobrenombre;
en parte le habría gustado dar una lección a todos los
que dudaban de él en Tralee. Aun así, el seudónimo tenía
ciertas ventajas, similares a las del artilugio nietzscheano
que llevaba en la muñeca: volvía invisible una parte de
él, la parte que siempre había estado condenada a la
repetición de determinados patrones. De pronto se vio
en un avión camino de Los Ángeles para reunirse con la
gente que había comprado los derechos cinematográfi-
cos de la novela, viajando en primera clase y tomando
zumo de trigo, irreconocible en todos los aspectos. La
persona que había sido siempre —el Ryan de antes—
parecía un amigo de la infancia, alguien por quien sentía
cariño, pero a quien había dejado atrás; alguien de quien
un día tal vez dijera que vivía en la prisión que él mismo
construyó.

Sara, su socia, se alegró de que fuera él quien hiciera
el viaje, porque tenía que cuidar a sus hijos en Galway;
además, ya que hablábamos de escritores que se aban-
donaban, ella era un ejemplo de manual. Una vez se
presentó en zapatillas de andar por casa a una reunión
con su agente, aunque si había algo que no supiera sobre
la Venecia del siglo XV —el escenario en que estaba
ambientada su novela— es que no merecía la pena saber-

lo. El origen del libro era la tesis doctoral de Sara, y él, como supervisor de su trabajo, se sorprendió dándole excelentes consejos comerciales que nunca había sabido aplicarse a sí mismo. Por eso le parecía de justicia convertirse finalmente en coautor del proyecto. Formaban una especie de matrimonio en el que los libros —ya habían empezado a trabajar en otro— eran los hijos. El matrimonio sigue siendo el mejor modelo de vida, dijo Ryan, o al menos nadie ha sabido inventar uno mejor. Entonces, ¿por qué no puede valer también para escribir? Y aunque estos hijos costaban mucho esfuerzo, al menos le daban beneficios. A su mujer no le molestaba en absoluto, de hecho fue la primera en sugerirlo, y, teniendo en cuenta que acababa de comprarse un Range Rover con las ganancias, no le parecía a él que fuese un mal acuerdo para ella.

Cuando le pregunté si seguía dedicándose a la enseñanza, hizo una mueca que le formó unos pliegues de lo más inquietantes antes de recomponer sus facciones en una leve expresión de pesar.

—Me encantaría —contestó—, pero ya no tengo tiempo. Evidentemente echo de menos el contacto con los alumnos: te dan la sensación de recuperar algo perdido, ¿verdad? Si te soy sincero, al final empezó a parecerme que los estaba estafando un poco, animándoles a creerse capaces de escribir un gran éxito de ventas que solucionaría todos sus problemas, cuando lo cierto es que la mayoría de esos chicos simplemente no tiene talento. Por otro lado, te quitan mucha energía: sinceramente estaba deseando dejarlo, aunque, de todos modos —añadió en tono confidencial—, fueron ellos quienes me dieron el impulso necesario, justo antes de que las cosas empezaran a despegar. Llevaba un tiempo en la montaña rusa, con una mujer y tres hijos que mantener. Evidentemente, no quería tirar todo eso por la borda. Pero en cierto modo me hicieron un favor, porque no estoy seguro de que hubiera podido hacer lo que he hecho si no me hubiera visto en ese laberinto. Ya sabes lo que quiero decir —añadió—. Ganas lo justo para ir tirando y al final del día no te quedan fuerzas mentales para nada, y eso te hace aferrarte aún más al trabajo. El libro lo ha cambiado todo. Me han escrito de varias universidades de Estados Unidos y tengo sobre la mesa unas cuantas ofertas muy atractivas, pero necesito pensarlo.

Y la vida no era ni mucho menos un camino de rosas: nunca lo es. A su hijo pequeño le habían diagnosticado autismo el año anterior, y la verdad es que había sido un alivio ponerle nombre a lo que le pasaba. Su mujer tuvo la idea genial de crear una asociación para ayudar a otras familias con niños autistas, e incluso había conseguido que el parlamento irlandés se planteara la necesidad de ofrecer recursos para cubrir esas necesidades especiales en los colegios. Él había armado una pequeña antología para recaudar fondos, pidiendo a varios escritores una colaboración gratuita. La respuesta fue asombrosa: había unos cuantos nombres muy importantes en ese volumen, y, como todos los relatos eran obras originales, subastaron los derechos para hacer una serie de televisión por una suma apabullante.

—Lamentablemente —añadió—, la economía del proyecto no nos permitía pedir contribuciones a personas como tú, porque el objetivo era ganar dinero y, como digo, para eso necesitábamos grandes nombres.

Me miró con cara de payaso triste, casi con compasión. Se alegraba de que me fuera bien, dijo. Era bueno verme en el circuito: al menos seguía dentro del juego. Tenía que irse y circular un poco, porque en cierto modo era el invitado de honor de la velada: varias personas lo esperaban.

Examinó la sala con los ojos entornados y levantó el bastón a modo de despedida mientras me daba la espalda. Le pregunté qué le había pasado en la pierna, y se detuvo, se miró la pierna y luego me miró con incredulidad.

—Te parecerá mentira —contestó—. He debido de correr cientos de kilómetros a lo largo del año, y me he hecho un esguince en el tobillo al bajar de un taxi.

El festival se celebraba en un barrio de la periferia, a la orilla del mar, en una zona de astilleros que abarcaba varios kilómetros y ocultaba la masa de agua azul resplandeciente entre hangares, silos y gigantescos montones de contenedores apilados. Unas grúas enormes cargaban y descargaban los rectángulos de colores en las cubiertas desiertas de los inmensos barcos mercantes que esperaban en la explanada de hormigón de los muelles.

El hotel era un bloque gris rodeado por otros bloques de apartamentos más pequeños, con las ventanas cubiertas de día y de noche por persianas metálicas. Justo delante de la entrada había un aparcamiento. Varias banderas ondeaban en una hilera de mástiles empotrados en el asfalto, y sus cables cantaban al viento como las jarcias de un velero. A la derecha, un talud de hierba seca trepaba hasta toparse con una pared, y detrás asomaban unos árboles muy altos: cedros y eucaliptos. Los árboles formaban una descuidada avenida a lo largo de lo que parecía una antigua carretera de tierra blanca y polvorienta que trazaba una curva hasta encontrarse con unas verjas oxidadas de hierro forjado, para perderse luego entre más árboles, bordeando un cerro a cuyos pies se vislumbraba una cuña de mar resplandeciente. Las verjas estaban cerradas, y, a juzgar por el aspecto intacto de la tierra, daba la sensación de que llevaban mucho tiempo sin abrirse.

La conferencia, me dijo uno de los participantes, se celebraba en este hotel todos los años, a pesar de lo feo y lo incómodo que era, y de que estaba bastante lejos del centro y mal comunicado. Suponía que los organizadores tenían un acuerdo con el director del hotel. A la hora de comer, metían a todos los participantes en un autobús y los llevaban por la anodina y destartalada periferia hasta un restaurante, a veinte minutos de allí, donde supuestamente tenían otro acuerdo. El restaurante, añadió, era muy bueno, porque en ese país la comida era un deporte nacional. El problema estaba en que el acuerdo —fuera el que fuera—, consistía en un menú cerrado, y la gente se veía rodeada de exquisiteces pero sin posibilidad de elegir qué comía. Más de una vez había visto a los organizadores acompañando con orgullo a un grupo de participantes al exterior del local —donde los chefs preparaban pescado fresco y brochetas de calamares con gambas en unas parrillas enormes— para que hicieran fotos de la escena, y llevarlos de nuevo dentro para encontrarse con la misma y escueta selección de sopa y fiambres que les habían ofrecido el día anterior. En el hotel solamente servían té y café, aunque en algún rincón de aquella caja de zapatos de hormigón, o en sus alrededores, había un maestro repostero de un talento excepcional, y me instaba a probar una de las tartas que normalmente circulaban con las bebidas calientes en los descansos entre una y otra sesión. Esas tartas eran típicas de la dieta nacional, dijo, y se podían encontrar en los supermercados, producidas a escala industrial, pero desde que era pequeño no había vuelto a probar nada parecido a las que se ofrecían aquí. Con tantas imitaciones ubicuas, casi se había olvidado de que existía el original, y casi le dolía regresar al color, la textura y el sabor de aquella autenticidad perdida que no era, estaba casi seguro, obra de un equipo profesional, sino de alguien que, por así decir, trabajaba en solitario. Sin embargo, en todos los años que llevaba asistiendo al festival, nunca había visto a esa persona, ni siquiera había hecho el esfuerzo de preguntar por ella; lo único que sabía era que cuando daba un bocado a una de esas tartas deliciosas y recién hechas, le parecían incuestionablemente obra del mismo artista. Un participante inglés que había estado en el festival le aseguró que una vez había tenido la misma epifanía con un dulce nacional —se llamaba, creía recordar, bizcocho Eccles— y la observación de este hombre le llevó a preguntarse si no había en aquel caso cierta búsqueda de la madre perdida, aunque para él era simplemente cuestión de arte. Decían que la receta original de la tarta era una creación de las monjas, que utilizaban enormes cantidades de clara de huevo para almidonar sus hábitos y tenían que hacer algo con las yemas sobrantes. Claro que un convento no sería el primer puerto de escala en la búsqueda de lo maternal, eso era cierto; y hasta había llegado a preguntarse si esta tarta de las monjas a la que sus compatriotas eran prácticamente adictos —sobre todo los hombres— no sería un símbolo de la actitud del país con las mujeres. Cuando pensaba en esos hábitos, tan tiesos, blancos y puros, se le ocurría que eran las vestiduras de la falta de sexo y de una vida sin hombres. La dulce tarta que ocupaba y llenaba la boca hambrienta de mi interlocutor quizá fuera nada menos que la feminidad de la que aquellas mujeres se habían despojado y separado para servirla en bandeja, por así decir; un método para mantener al mundo a raya, pero también, así le gustaba pensarlo, una señal de su felicidad, pues no creía que nada que se hiciera con sufrimiento y sacrificio pudiera saber tan delicioso.

El hotel tenía un largo pasillo central en cada planta, con una hilera de habitaciones a ambos lados. Todas las plantas eran idénticas, con alfombras marrones, paredes ocres y una fila de habitaciones exactamente en la misma secuencia. Los dos ascensores de acero inoxidable subían y bajaban despacio, y sus puertas no paraban de abrirse y cerrarse en el vestíbulo de recepción, donde la gente que se sentaba en los sofás, feos y rojos, parecía hipnotizada por la eterna repetición del espectáculo de unas puertas que encerraban a un grupo de personas al tiempo que las otras liberaban a un grupo distinto. A veces, en los pasillos de las plantas superiores, dejaban las habitaciones abiertas mientras se hacía la limpieza, y se veía que todas eran iguales, con la misma alfombra marrón, los mismos muebles de madera laminada y brillante, y la misma vista de los bloques de apartamentos con las persianas cerradas. Pero cuando un huésped entraba en su habitación con la tarjeta de plástico que servía de llave, algo en su actitud indicaba la certeza inconsciente de que su habitación era distinta y reconocible. Las mujeres de la limpieza vestían batas blancas y trabajaban a todas las horas del día, recorriendo continuamente los pasillos y yendo de planta en planta para volver a empezar. Llevaban las sábanas blancas y almidonadas en unos sacos de plástico que dejaban en la puerta de las habitaciones mientras limpiaban dentro, de manera que los pasillos tenían el aspecto de un paisaje desierto en el que acababa de nevar.

Abajo, en la zona de recepción, había una pantalla de televisión enorme, rodeada de sofás, y los hombres se paraban un rato delante, sentados o de pie, a ver el fútbol o las carreras de Fórmula Uno. Normalmente se marchaban cuando empezaban los informativos, y el locutor se quedaba solo, hablando al vacío. Justo al otro lado de los ventanales de cristal se encontraba la zona de fumadores, donde otros hombres, y alguna mujer, parecían el reflejo del grupo reunido alrededor del televisor. Era en estos espacios donde solían concentrarse los participantes antes de un acto o mientras esperaban el autobús para ir al restaurante, y en esos momentos, las grandes vidrieras que separaban a un grupo de otro —ambos se veían pero no se oían— señalaban en cierto modo lo artificial de nuestra situación. Un poco más lejos, de espaldas al hotel y mirando hacia el aparcamiento, había un banco que parecía el sitio elegido por quienes buscaban soledad, a pesar de que estaba delante de los ventanales y se veía perfectamente desde el interior. Los que ocupaban los sofás no estaban a más de medio metro de quien ocupaba el banco, de manera que le veían la parte de atrás de la cabeza en todos sus detalles. No obstante, cuando alguien se sentaba en aquel banco se sobreentendía que quería estar a solas o que alguien se le acercara individualmente y con prudencia, para entablar una conversación más tranquila y extensa que las que generalmente se daban en el grupo.

Y era también allí donde la gente hablaba por teléfono en idiomas distintos del inglés, que era en general la lengua franca de las conversaciones.

Los organizadores, en su mayoría muy jóvenes, llevaban camisetas con el logo del festival. Parecían continuamente angustiados y alerta, porque tenían la responsabilidad de asegurarse de que todo el mundo asistía a sus charlas o cogía el autobús, y era frecuente verlos enzarzados en sombrías deliberaciones a la vez que vigilaban el vestíbulo. Cuando faltaba un ponente, emprendían una búsqueda frenética y ofrecían detalladas explicaciones de dónde lo habían visto por última vez. Normalmente, alguno de los organizadores subía a buscarlo en el ascensor, y no era raro que el participante perdido apareciera justo en ese momento por las puertas del otro ascensor. Uno de los escritores invitados, un novelista galés, era motivo de constante preocupación, pues tenía la costumbre de irse a pasear por el laberinto de los barrios de los alrededores y volver contando historias de las iglesias o de otros lugares de interés que había visitado. Llevaba botas de montaña y un tentempié siempre en el bolsillo, como para recordar a los organizadores la escasa alimentación que le ofrecían, y lo cierto es que varias veces no se había presentado en el autobús a la hora de las comidas y había aparecido en el restaurante, puntual aunque ligeramente acalorado y jadeando por la caminata. Se esforzaba mucho por trabar amistad con los demás participantes —organizadores y delegados por igual—, mediante el procedimiento de tomar nota, en una libreta pequeña y vieja, de los detalles de las cosas que decían o los sitios de los que hablaban, y buscarlos luego para preguntarles si había anotado bien el nombre de una ciudad, un libro o un restaurante. Me contó que siempre tomaba notas en sus viajes, las pasaba al ordenador y las archivaba por su nombre y su fecha cuando llegaba a casa, y así solo tenía que abrir el archivo de, pongamos por caso, su visita a la feria del libro de Fráncfort, tres años antes, para acceder a todos los detalles. Había adquirido esta costumbre, que en cierto modo le dispensaba de la obligación de recordar, no porque fuera olvidadizo, sino porque su capacidad para almacenar información, incluso datos inútiles o triviales, le distraía continuamente. Era evidente que la táctica de hacer preguntas a los demás —que al parecer adoptaba por timidez, aunque no lo dijera— lo convertía en el depositario de una extraordinaria cantidad de información, mientras que cuando le hacían alguna pregunta personal respondía con evasivas y vaguedades, reacio a dar poco más que un detalle superficial de sus circunstancias. Dijo que había asistido a todos los actos del festival, incluidos los que se celebraban en idiomas que no entendía, por consideración a los organizadores.

Observé que, aunque hablaba largo y tendido con cualquiera que tuviese una relación mínima o tangencial con él —hasta el conductor del autobús o el personal del hotel—, sin embargo tendía a evitar a quienes podía considerar sus iguales: los escritores famosos de su país o de otros países. Había varios de estos escritores invitados, y a algunos yo ya los conocía de otras veces, como a la mujer que se acercó a mí el segundo día y me recordó que habíamos participado juntas en una mesa redonda en Ámsterdam, integrada únicamente por mujeres, y en la que se pidió a las participantes —distinguidas pensadoras e intelectuales— que hablaran de sus sueños. Recuerdo que en aquella ocasión me pareció tímida, tensa y quizá un poco indignada, mientras que en el vestíbulo del hotel emanaba fuerza y compostura, como si en los años transcurridos desde nuestro último encuentro hubiera acumulado energía en lugar de consumirla, y me recordó su nombre —Sophia— con la franqueza pragmática de quien más que temer acepta la posibilidad de que esas cosas se olviden. No me imagino, me dijo en ese momento con una sonrisa encantadora, que a un grupo de intelectuales varones les pidan que hablen de sus sueños, y creo que lo que esperaba la moderadora era suscitar nuestra supuesta sinceridad; como si la relación de las mujeres con la verdad fuera en el mejor de los casos inconsciente, dijo, cuando podría ocurrir muy fácilmente que la verdad femenina —si es que puede decirse que exista tal cosa— sea tan íntima y complicada que resulte imposible ponerse de acuerdo en una experiencia común. Es triste pensar, añadió, que cuando un grupo de mujeres se reúne, lejos de avanzar en la causa femenina terminan por convertirla en una patología.

Desde aquella ocasión en Ámsterdam, había publicado varias novelas, me contó, además de un libro sobre el canon literario occidental, del que en su opinión habría que excluir a muchos hombres e incluir a muchas mujeres. El libro había tenido una buena acogida en otros países, mientras que aquí, en el suyo, casi podía decirse que lo habían ignorado. Asistía a este festival no por sus credenciales como escritora feminista, sino por su trabajo como traductora, con el que había permitido a varios escritores de su país —casi todos hombres—

alcanzar más reconocimiento internacional del que ella tenía. O a lo mejor, dijo, con una risa que sonó como una campana, solamente estoy aquí porque he nacido en la ciudad. A los demás tienen que traerlos en avión de todas partes, mientras que a mí les resulta barato invitarme, porque puedo hacer el camino andando.

Me pregunté si el hecho de que estuviera en casa podía ser la explicación de que me pareciera cambiada, como si brillara más en su entorno natural. Llevaba un vestido ceñido y escotado, de color turquesa, con un cinturón ancho que realzaba su cintura esbelta, y unas botas de tacón a juego. Era delgada y muy pequeña, con la piel cetrina y fina, el pelo suave, castaño claro, y la boca grande y expresiva, y llevaba la cabeza muy alta, como una niña alzada de puntillas para ver por encima de los adultos. Se había puesto algunas joyas en el cuello y en la muñeca, y se había maquillado a conciencia, sobre todo los ojos, perfilados con tanta exageración que parecían en constante estado de asombro, como si observaran cosas de una intensidad extraordinaria que únicamente ella veía. Al cabo de un rato reconocí bajo esta máscara a la mujer tímida a la que recordaba, y comprendí que era un disfraz diseñado para evitar que pudieran olvidarla o pasarla por alto, aunque al mismo tiempo causaba el efecto de convertir su feminidad en una especie de pregunta que los demás tenían la obligación de responder, o en un problema que se esperaba que resolvieran.

Sinceramente, continuó, señalando hacia las puertas de cristal, aquel no era el sitio más estimulante para vivir. Pero desde que se había divorciado, se había dado cuenta de que era mejor, para ella y para su hijo, estar cerca de sus padres, y por eso se habían ido de la capital, aunque esperaba regresar algún día, cuando hubiera pasado la tormenta.

—Mi madre es muy buena con nosotros —añadió—, a pesar de que soy la primera que se divorcia en la familia y, como eso es un estigma para ella, no termina de permitirme que lo olvide. Se pone a mirar a mi hijo, cuando sabe que la estoy mirando, y se lleva la mano a la boca, como si un objeto valioso acabara de caerse al suelo y hacerse añicos. Lo trata como si tuviera una enfermedad horrible, y es posible que la tenga, pero en ese caso su supervivencia dependería exclusivamente de él, aunque los demás le presten todo su apoyo.

Recientemente, el niño se había roto una pierna jugando al fútbol, continuó, y la lesión se había convertido de forma misteriosa en una infección vírica que los médicos no se explicaban ni sabían cómo curar. Estuvo un mes ingresado en el hospital, y otros dos meses postrado en la cama, y la experiencia le había provocado un cambio de carácter muy profundo, dijo, porque siempre había sido un niño muy activo físicamente, obsesionado con el deporte, como si sacara toda su ética vital de las reglas y las recompensas deportivas. Como testigo del divorcio de sus padres, por ejemplo, siempre intentaba discernir de lado de quién debía ponerse; quién había ganado y quién perdido en las innumerables batallas escenificadas delante de él. Era natural, evidentemente, que se pusiera del lado de su padre, porque se identificaba con sus valores masculinos y además compartía con él muchas de las actividades que tanto le gustaban; y su padre demostraba muy poca moderación, porque explotaba esa lealtad siempre que se presentaba la oportunidad, para inculcarle los principios de una identidad tribal mucho más amplia que, según lo veía ella, modelaría por completo la vida y la personalidad del niño. La tribu era la misma a la que pertenecían casi todos los hombres de su país, y se definía por el miedo a las mujeres mezclado con una profunda dependencia de ellas; por eso, aunque ella se esforzaba al máximo, veía que era cuestión de tiempo que las preguntas de su hijo sobre lo que estaba bien y lo que estaba mal encontraran su respuesta en el mezquino fanatismo de un ambiente al que todo lo invitaba a someterse. De todos modos, cada vez que el niño se quejaba de que su padre decía una cosa y ella otra, como madre se negaba a darle su opinión de cuál de las dos era la buena, por más que él implorase. Fórmate tu propio criterio, le decía; utiliza el cerebro. Él normalmente se enfadaba con esta respuesta, y eso era la prueba de que su exmarido le estaba dando una visión completamente partidista de la situación, porque el niño sencillamente no sabía qué hacer cuando no podía tomar partido; dicho de otro modo, necesitaba un punto de vista. Sin embargo, el esfuerzo de usar el cerebro por lo visto le seducía mucho menos que la sencilla opción de creerse los cuentos que le contaba su padre, al menos hasta que se pasó tres meses inmovilizado.

En la cama cayó en un estado que al principio parecía una depresión: se volvió silencioso y apático; le costaba manifestar interés por nada; y a esto le siguió una fase de rabia y frustración que, aunque diferente, fue igual de mala. Al verse incapacitado y alejado de su campo de acción, empezó a ver su vida mucho más claramente. Y una de las cosas que vio fue que su padre rara vez llamaba o venía a verlo; otra, que su madre nunca estaba lejos de su cama. Una mañana, dijo, entré en su habitación con el desayuno en una bandeja. Llevaba desde las seis de la mañana trabajando, porque tenía que entregar un artículo ese mismo día, y no me había duchado ni peinado. Iba sin maquillar, con las gafas puestas y la ropa más vieja que tengo. Me miró desde la cama y me dijo: Mamá, ¡qué fea estás! Y le contesté: Sí, a veces soy así. Otras veces me maquillo, me pongo ropa bonita y parezco guapa, pero esta también soy yo. Puede que no siempre te guste, le dije, pero soy tan auténtica así como de la otra manera.

Se quedó en silencio y miró por los ventanales hacia el aparcamiento, donde los demás participantes ya se estaban reuniendo para coger el autobús. El viento les alborotaba el pelo y les aplastaba la ropa.

—Cuando pudo levantarse —continuó—, se había vuelto más tranquilo y más reflexivo, y hasta encajó con elegancia la noticia de que no podría hacer ningún deporte hasta pasado como mínimo un año más. En cierto modo, doy las gracias por esta enfermedad, aunque en su momento me pareciera el colmo de la mala suerte. Me parecía injusto que mientras su padre se iba en su deportivo a ver a su novia, a su chalet de la costa, yo estuviera encerrada en un apartamento diminuto, en la ciudad en la que había nacido, con un niño enfermo y mi madre llamándome cinco veces al día para decirme que la culpa de todo era mía, por ser tan crítica y por haberme empeñado en seguir trabajando después de casarme. En este país, el único poder que se les reconoce a las mujeres es el poder de la esclavitud, y la única justicia que entienden es la justicia fatalista del esclavo. Al menos mi madre quiere a mi hijo, aunque he notado que la gente que quiere a los niños suele ser la que menos los respeta.

Un hombre alto, grande y de aspecto huraño había entrado en el vestíbulo y estaba no muy lejos de nosotras, absorto en su teléfono. El pelo negro, denso y rizado, la barba igual de negra y la cara inmóvil, grande y fofa, le daban el aspecto de una gigantesca escultura de la Roma antigua con la piedra picada. La expresión de Sophia se iluminó al verlo, y se acercó de un salto para tocarle el brazo, a lo que él apartó la vista de la pantalla, despacio y con evidente fastidio, mientras examinaba con los ojos grandes y algo tristes la causa de la interrupción. Sophia le habló en su lengua materna, deprisa y con vehemencia, y él contestó despacio y con solemnidad, y se quedó muy quieto, mientras ella parecía muy animada, cambiaba continuamente de postura y gesticulaba mucho con las manos. Era mucho más alto que ella y, como llevaba la cabeza muy erguida, la miraba desde arriba, con los ojos entornados, no sé si aburrido o fascinado por su conversación. Al cabo de un rato, Sophia se volvió a mí, le puso otra vez la mano en el brazo y me lo presentó como Luís.

—Es nuestro novelista más importante del momento —dijo, mientras él levantaba todavía más la cabeza y amenazaba con cerrar los ojos definitivamente—. Este año ha ganado los cinco principales premios literarios del país por su último libro. Ha causado verdadera sensación, porque escribe sobre temas que los demás escritores masculinos no se dignan a tocar.

Me sorprendió oír esta valoración de Luís, después de los anteriores comentarios de Sophia sobre los escritores varones y su tendencia a eclipsarla, y pregunté qué temas eran.

La vida cotidiana, contestó muy seria, y la vida sencilla de los barrios: la de los hombres, mujeres y niños
sencillos que viven allí. La mayoría de.los escritores,
señaló, consideraban estas cosas indignas de gente como
ellos, que buscaban lo fantástico o lo notable y se con-
centraban en los temas de importancia pública con la
esperanza, ella no tenía la menor duda, de aumentar así
su propia relevancia. Pero Luís los había derrotado a
todos con su sencillez, su honestidad y su veneración de
la realidad.

—Escribo sobre lo que conozco —contestó Luís, encogiéndose de hombros y mirando algo por encima de
nuestras cabezas.

—Está siendo modesto —me dijo Sophia con su risa
de campana—, porque le preocupa la posibilidad de
estropear el mundo sobre el que escribe si se pone arrogante. Pero lo cierto es que le ha dado una dignidad
inédita y única en nuestra cultura, donde la brecha entre
ricos y pobres, entre jóvenes y viejos, y sobre todo entre hombres y mujeres parece insuperable. Aquí tenemos
una creencia casi supersticiosa en nuestras diferencias
individuales, y Luís ha demostrado que esas diferencias
no son fruto de ningún misterio divino, sino pura consecuencia de nuestra falta de empatía, algo que, si tuviéramos, nos permitiría ver que en realidad todos somos
iguales. Es esta empatía de Luís lo que tanto se ha aplau-
dido, y por eso creo que debería felicitarse en lugar de
avergonzarse de los elogios.

Luís parecía tristísimo mientras se decían estas cosas
de él, y su respuesta fue un profundo silencio que se
prolongó hasta que los organizadores nos avisaron para
subir al autobús, que ya había llegado. Circulamos por

amplias y vacías carreteras de hormigón claro, con el firme roto y resquebrajado, invadidas por las malas hierbas, rodeando el extraño paisaje deshabitado del inmenso dique, que se extendía como un bloque impenetrable hasta donde alcanzaba la vista y se adentraba luego, al otro lado, en la prolija y descuidada red de las calles de la periferia. Hacía un día ventoso y gris, y el cielo bajo daba a la dimensión humana un aspecto de angustia y opresión: el viento sacudía los toldos de los restaurantes y los comercios; la basura rodaba por las aceras, la brisa arrancaba madejas de humo de las parrillas al aire libre, y los grupos de transeúntes aislados tenían que sujetar bien bolsas y abrigos, y andaban deprisa y cabizbajos. Cuando llegamos a la calle del restaurante resultó que estaba cortada al tráfico: habían levantado el pavimento por completo, de un día para otro, y habían delimitado la zanja con una cinta que aleteaba y chasqueaba con la fuerza del aire. El autobús maniobró para abrirse camino por una calle lateral y dio luego una larga serie de vueltas lentas mientras los pasajeros comentaban el incidente y terminaban quitándole importancia, moviendo la cabeza y encogiéndose de hombros con resignación. El autobús aparcó por fin a cierta distancia del restaurante, para que bajásemos, y la gente echó a andar, sola o en grupos, hacia el mismo sitio por el que ya habíamos pasado. Atravesamos un solar de hormigón, rodeado de edificios decrépitos y cubiertos de pintadas, donde los laureles empezaban a llenarse de flores puntiagudas y rojas. De alguna parte llegaban ráfagas de una música extraña: alguien estaba tocando una flauta o una gaita, y de pronto se vio a un niño, medio escondido entre las frondas, junto a un muro en ruinas, con el instrumento en los labios.

Era típico, me dijo el hombre que iba a mi lado mientras subíamos a la acera improvisada que habían puesto en la calle, que esas obras se hicieran sin previo aviso, como por arte de magia, cuando los organizadores podrían haber elegido cualquier otro restaurante de la zona para darnos de comer tres veces al día, aunque no había que precipitarse y achacar las molestias a la falta de información, dijo, pues era muy posible que los organizadores lo supieran desde el principio y no hubieran querido cambiar sus planes. Era fácil llegar a la conclusión de que en este país la gente vivía abrumada por sentimientos de impotencia, aunque también podía llamarse cabezonería, porque se negaban a cambiar incluso cuando se presentaba la posibilidad de cambio. Él trabajaba para uno de los principales diarios nacionales y con frecuencia había tenido la oportunidad de observar este fenómeno de primera mano: un día lo enviaban a cubrir una grave crisis política o un desastre humanitario, y al día siguiente a hacer un reportaje sobre la supuesta aparición de la Virgen María en una roca, en algún rincón del campo, y esperaban que tratase todos estos sucesos con el mismo rigor. Si podía haber una explicación para la aparición de las obras, dijo, también debería de haberla para la señora vestida de azul: una cosa no se podía entender sin la otra, y así la gente terminaba por aceptar el misterio de las obras para no preguntarse por esas otras cuestiones de mayor calado.

Ya habíamos llegado al restaurante y nos habíamos sentado a la larga mesa reservada para los participantes, que ocupaba un lado entero del local. El otro lado estaba siempre abarrotado de gente, y el ruido y las risas que llegaban de allí contrastaban con el ambiente torpe de nuestra mesa y los asientos asignados por los organizadores, que los participantes parecían cada vez más reacios a ocupar, conscientes de que su destino quedaría sellado hasta que terminase la comida, y, antes incluso de cruzar el umbral, se rebelaron pactando quién se sentaba dónde. A menos de dos metros, en el otro lado del salón, la gente estaba reunida en grupos bulliciosos y animados, entregada a un banquete que parecía no tener principio ni fin, mientras los camareros se abrían camino entre la multitud con los platos o las bandejas plateadas por encima de la cabeza, sirviendo continuamente más comida.

Mi compañero de mesa desplegó la servilleta gruesa y blanca con una floritura y se la metió por debajo del cuello de la camisa. Tenía más de sesenta años, la cabeza calva y tostada como una nuez, y una expresión de humor cínico en los ojillos redondos. Dijo que había leído mi libro, y que iba a entrevistarme para su periódico, pero mientras pensaba de qué hablar conmigo se le había ocurrido una idea novedosa, que era tratarme como a uno de mis personajes, arrogándose él el poder del narrador. No era este el enfoque habitual de sus entrevistas literarias, de las que había hecho quizá demasiadas, considerando la cantidad de otros asuntos que le asignaban en el periódico: al día siguiente, por ejemplo, tenía que asistir a la final de la copa, un encargo muy fastidioso para él, porque le sacaban de quicio las multitudes y su entusiasmo desmedido por un acontecimiento que a fin de cuentas se repetía invariablemente todos los años, y, como ya me había dicho, un día tenía que escribir sobre un milagro religioso y al siguiente sobre la corrupción del Estado. En general, le gustaba entrevistar a autores literarios, aunque eso le obligaba a acercarse a su mundo, investigar su biografía, leer sus trabajos previos y ponerse al día sobre las cuestiones que les preocupaban. Pero esta vez, quizá porque había estado muy ocupado y porque había muchos autores en el festival que reclamaban su atención, se había acercado a mi libro con poco contexto. De hecho, había terminado de leerlo la noche anterior, cuando volvió a su habitación después de la cena, y fue al irse a dormir cuando se le ocurrió la idea de interpretar el papel del autor. Le parecía interesante que mi libro le hubiera llevado a creerse capaz de ostentar ese poder, porque normalmente las novelas producían en él el efecto contrario: el de no ser capaz de imaginarse escribiendo como escribía el autor, incluso de no querer hacerlo, en ciertos casos; el mero hecho de pensarlo le agotaba, y a veces hasta se sorprendía deseando que aquellas mentes prodigiosas no tuvieran tanta fuerza, porque cada vez que escribían algo nuevo le creaban la obligación de responder. El inmenso esfuerzo de conjurar algo de la nada, de levantar ese gigantesco edificio lingüístico donde antes solo había vacío, era algo de lo que personalmente se sentía incapaz. De hecho, le dejaba completamente pasivo y con ganas de volver a centrarse en los insignificantes detalles de su propia vida. Había observado, por ejemplo, que mis personajes se veían provocados con frecuencia a realizar verdaderas proezas, en el terreno de las revelaciones personales, a raíz de una simple pregunta, y eso evidentemente le había hecho reflexionar sobre su profesión, una de cuyas claves era hacer preguntas. Pero sus preguntas rara vez suscitaban respuestas tan jugosas como las mías: en realidad, lo normal era que rezase para que sus entrevistados dijeran algo interesante, porque de lo contrario tenía que esforzarse mucho para redactar un artículo digno. Cuando se iba a dormir, como ya había dicho, sintió de pronto un poder inexplicable, como si hubiera comprendido que una pregunta mucho más sencilla de las que él hacía normalmente —y tal vez una sola— pudiera desentrañar todo el misterio para él. La pregunta que más le gustaba —y la que tenía previsto hacerme en su nuevo papel de narrador— era en qué me había fijado yo durante el camino al restaurante, y en el caso de que su teoría —o mejor dicho, la mía— fuera correcta, al hacerme esa pregunta, la pregunta de en qué me había fijado durante el camino me brindaría la oportunidad de escribir la entrevista entera para él, por así decir.

Dos hombres se habían sentado enfrente de nosotros, y uno de ellos nos interrumpió para preguntar si había oído bien: si mi vecino iba a cubrir la final de la copa al día siguiente, y en tal caso, cuál creía que iba a ser el resultado. Mi vecino se recolocó la servilleta en el cuello de la camisa, lenta y cuidadosamente, y con un gesto de lúgubre paciencia empezó a dar una larga y pesarosa respuesta con la que parecía insinuar que el resultado no sería el que ellos esperaban. Esto produjo una acalorada discusión, mientras Sophia entraba en el restaurante y, al ver un sitio vacío a mi lado, venía a sentarse conmigo. En el mismo momento, Luís —que había entrado detrás de ella—, se dirigió a grandes zancadas hasta la otra punta de la mesa y, después de rodearla completamente, se sentó en otra mesa aparte, solo, en el rincón más apartado del local. Con un leve suspiro de frustración, Sophia se levantó y dijo que iba a ver por qué Luís se empeñaba en sentarse solo. Volvió al cabo de unos minutos a recoger su bolso de mala gana, diciendo que, ya que él se negaba a moverse, tenía que ir a hacerle compañía, porque no le parecía bien dejarlo solo. Mi vecino interrumpió su conversación para señalarle que eso era una proposición ridícula: ¿Por qué haces eso?, le preguntó, ajustándose de nuevo la servilleta blanca en el cuello de la camisa y mirándola con sus ojillos inquisitivos. ¿Por qué lo persigues por todo el restaurante? Si Luís quería estar solo debería dejarlo en paz; ya decidiría él si quería sentarse con nosotros. Sophia consideró esta observación con el ceño delicadamente fruncido, se alejó como flotando con sus botas de tacón y volvió al cabo de un rato arrastrando a Luís, que venía con una cara truculenta.

—No estamos dispuestos a tolerar ese comportamiento depresivo —le advirtió Sophia con su risa efervescente—. Vamos a retenerte en el mundo de los vivos.

Luís se sentó sin disimular su enfado y se sumó enseguida a la conversación sobre fútbol, mientras Sophia me decía mansamente al oído que, aunque sabía que Luís podía dar la impresión de ser arrogante, en realidad el éxito le resultaba doloroso y le producía una profunda sensación de culpa, y además estaba harto de tanta exposición pública.

—Ha hablado de su vida personal con una sinceridad que no es corriente, teniendo en cuenta cómo suelen ser los hombres en este país y puede que los hombres en general. Ha hablado sin tapujos de su familia, de sus padres y del hogar de su infancia, y lo ha hecho de una manera que todos sus personajes resultan absolutamente reconocibles. Como este es un país pequeño, le preocupa haberlos utilizado o haberlos puesto en apuros, aunque para los lectores de cualquier otra parte del mundo lo importante es precisamente su sinceridad. Claro que, si fuera una mujer, dijo, acercándose un poco más a mi oído, confidencialmente, la despreciarían por ser sincera, o en el mejor de los casos a nadie le interesaría lo que pudiera decir.

Se reclinó en el asiento para que los camareros dejasen los platos en la mesa. Traían un puré marrón con un olor muy fuerte, y Sophia arrugó la nariz y dijo que aquel plato tenía un nombre que podía traducirse más o menos como «las partes que nadie se comería en otras circunstancias». Probó una cucharada diminuta y la dejó en el borde del plato. Para entonces ya había llegado el novelista galés, con el pelo alborotado por el viento, la camisa desabrochada y el cuello colorado. Dudó unos momentos antes de sentarse en el único sitio libre, al lado de Sophia, y sonrió con cansancio, enseñando los dientes pequeños y amarillos. Cuando preguntó qué había en los platos, Sophia no repitió la traducción que acababa de dar, sino que se limitó a devolverle una sonrisa cortés y contestó que era una delicia local, hecha de carne picada. El galés se acercó para servirse un poco de puré y coger unos trozos de pan. Nos pedía disculpas, dijo: estaba muerto de hambre, porque había intentado dar un paseo por la costa, pero se había enredado en un laberinto de polígonos industriales, urbanizaciones en construcción y centros comerciales, medio en ruinas y más o menos desiertos, a pesar de que todas las calles iban a parar indefectiblemente allí, y al final no le había quedado más remedio que saltar muros y verjas para acercarse al agua, hasta que terminó delante de un edificio de hormigón enorme, acordonado y protegido con alambre de espino y lo que parecían muchas torres de vigilancia, y se vio retenido a punta de pistola por tres hombres de uniforme. Por lo visto se había adentrado sin querer en una zona militar, y había tenido que poner a prueba sus escasos recursos lingüísticos para explicar a los soldados que no era un terrorista, sino un escritor que asistía al festival literario, del que —por sorprendente que pudiera parecer— habían oído hablar. Resultaron ser muy amables, y antes de indicarle el camino le ofrecieron café y tarta, que luego se arrepintió de no haber aceptado al ver lo lejos que estaba del restaurante. Había tenido que hacer la mayor parte del camino corriendo, dijo, y con aquellas botas de montaña no era una empresa nada fácil.

Su relato llamó la atención de Luís, que se lanzó a describir el hundimiento socioeconómico del país, acelerado por la crisis financiera de la década anterior, señaló, cuyos ecos aún se dejaban sentir en sitios como aquel. El novelista galés aprovechó esta distracción para comer, asintiendo de vez en cuando con la cabeza mientras despachaba el primer plato y reclinándose luego en la silla con aire satisfecho. Su región, Gales, dijo, cuando Luís terminó de hablar, se encontraba en una situación más o menos similar de continua trayectoria descendente, a pesar de que apenas había llegado a completar su transición a los tiempos modernos. Seguía habiendo familias en las que los mayores de la generación anterior no hablaban inglés, y, en sus conversaciones con los lugareños, le habían retratado un mundo en el que las per-

sonas vivían con prosperidad y profundamente enraiza-
das en su entorno, en armonía no solo unas con otras,
sino también con los animales, los pájaros, las montañas
y los árboles, además de con las tradiciones del canto,
la narración oral y el culto religioso; incluso le habían
contado historias muy emotivas de antiguas rencillas y
divisiones irreconciliables, de clanes que se casaban entre
sí y que habitaban la tierra en una realidad absolutamente propia. No hacía ni cuarenta años, la comunidad entera subía por la montaña los domingos: ancianas y bebés
en brazos, fornidos agricultores, mozas de pueblo y cua-
drillas de niños parlanchines, con sus perros, sus caba-
llos y sus cestos con bocadillos de jamón y termos de té;
y los hombres hacían el camino cantando. La novela que
estaba escribiendo en ese momento, dijo, intentaba recuperar ese mundo perdido, y había investigado mucho
sobre sus costumbres y sus creencias, sus prácticas agrí-
colas, sus tradiciones culinarias y domésticas, su manera de socializar y de ir a la iglesia, su folclore, su poesía
y sus canciones vernáculas. Había entrevistado a docenas de personas, en su mayoría ancianas, por razones
obvias, y había construido un cuadro extraordinario con
sus notas preliminares, pero lo que más le sorprendía de
todo era ver que esa gente confesaba a menudo que se
alegraba de no seguir viviendo así, aunque sintieran nostalgia de aquellos tiempos. A veces tenía la sensación de
que él lamentaba la pérdida de ese mundo antiguo más que
ellos, porque sinceramente no entendía cómo podían
soportar la monotonía de las residencias de ancianos,
con comodidades tan insulsas como la televisión y la
calefacción central, en comparación con aquellos recuerdos tan hermosos. Del mundo que conocía, le dijo una

señora mayor, no quedaba nada: ni una brizna de hierba seguía siendo la misma. Cuando le pidió que le explicara qué quería decir, porque seguramente la hierba seguía siendo hierba, la anciana se limitó a repetir que absolutamente todo había cambiado a lo largo de su vida, hasta volverse irreconocible para ella. Esta señora había muerto en paz no mucho después de aquella conversación, y se sentía muy afortunado de haber tenido la oportunidad de hablar con ella y registrar sus recuerdos, porque de lo contrario se los habría llevado a la tumba. Pero incluso cuando reconstruía esas memorias, tan minuciosamente que parecían como nuevas en las páginas de su novela, seguía sin entender el significado de aquellos comentarios sobre el cambio. En definitiva, se negaba a aceptar que se hubiera perdido la esencia de las cosas, y a veces hasta se enfadaba con la anciana cuando estaba escribiendo, como si fuera ella quien la hubiera robado y se la hubiera llevado para siempre. Por ejemplo, donde él vivía, en una granja del parque nacional de Snowdonia, el paisaje se conservaba más o menos intacto y la comunidad participaba activamente para combatir los pequeños cambios —como demasiadas señales en la carretera o nuevos aparcamientos— que poco a poco estropearían su personalidad y su belleza. Incluso habían recuperado algunas de las antiguas industrias artesanales y las tradiciones de gestión de la tierra. Cuando salía a andar por las montañas, la realidad de aquellos parajes le parecía la misma de siempre, aunque, naturalmente, añadió, mirando con cansancio a los demás, era consciente de que tenía mucha suerte de vivir en un lugar del que pudiera decirse eso.

Luís lo había escuchado con un gesto impasible y taciturno, entreteniéndose en desmenuzar un trozo de pan para hacer con las migas unas bolitas duras y tirarlas luego en la mesa, alrededor de su plato.

—Mi madre me contó una vez —dijo— que cuando era pequeña, en la época de la cosecha, se celebraba una fiesta en el pueblo, y los campesinos siempre dejaban un último campo para segarlo ese día. Todo el mundo se congregaba para verlos segar con sus guadañas, porque aquello era una tradición, y también era una tradición que dejaran un círculo sin segar en el centro del campo y trabajaran desde los bordes del sembrado, en lugar de avanzar en línea recta como hacían siempre. Todos los animalillos asustados, que en condiciones normales tenían la oportunidad de huir, se quedaban atrapados en el círculo, que se volvía cada vez más pequeño conforme los hombres iban segando la mies alrededor, hasta que al final había un montón de animales agazapados en el centro del campo. Los niños del pueblo se armaban con picos y palas, hasta con cuchillos de cocina, y en un momento determinado les permitían acercarse y abatirse como una turba entusiasmada sobre el círculo sin segar para matar a los animales, y lo hacían con inmenso gusto y placer, salpicándose de sangre y salpicando a los demás. Mi madre no es capaz de recordar estos episodios sin enfadarse —dijo—, aunque entonces participaba tan contenta como la que más, y lo cierto es que muchos de nuestros familiares niegan que esas prácticas bárbaras hayan ocurrido alguna vez. Pero ella asegura que sí, y todavía sufre por eso, porque a diferencia de los demás sigue siendo sincera y no tolera que se recuerde el pasado sin recordar también su crueldad. A veces me pregunto si cree que selló su destino con esa conducta irreflexiva, porque la vida ha sido cruel con ella, aunque es su sensibilidad lo que le produce esa impresión, y sus familiares, como digo, no ven las cosas de la misma manera en absoluto. Empecé a escribir porque sentía la presión de su sensibilidad como una dolencia o una tarea sin concluir que mi madre me hubiera legado para que yo la completase. Pero en mi vida personal me he visto tan condenado a la repetición como todo el mundo, aunque no supiera lo que estaba repitiendo.

—Eso es falso de principio a fin —protestó Sophia—. Tu talento y tu manera de utilizarlo han transformado tu vida por completo. Puedes ir adonde quieras y conocer a quien quieras; el mundo entero canta tus alabanzas; tienes un bonito apartamento en la ciudad, incluso una mujer —añadió, con una agradable sonrisa— con la que no tienes necesidad de vivir y que está entregada a criar a tus hijos. Si fueras mujer, seguramente te darías cuenta de que la vida de tu madre está colgada como una espada sobre tu cabeza, y te preguntarías si has progresado en algo, aparte de hacer el doble de trabajo que ella tuvo que hacer y recibir a cambio el triple de acusaciones.

Los camareros ya habían retirado el puré y estaban trayendo el segundo plato: una especie de timbal pequeño que Sophia describió solemnemente como pudin de pescado y que, una vez más, apenas probó. Cuando le ofrecieron el plato a Luís, lo apartó con la mano y se quedó encorvado y quieto, mirando los utensilios náuticos que decoraban la pared: redes de pesca, unos anzuelos de bronce gigantescos y un timón de madera. Era curioso, le dijo Sophia al novelista galés, que hubiera citado las palabras de esa anciana, porque había oído recientemente las mismas palabras, aunque en un contexto distinto. Su hijo había ido a pasar unos días con su padre y se había encontrado un alijo de álbumes de fotos que no había visto nunca. Su exmarido se había quedado con todos los álbumes cuando se separaron, explicó, quizá porque se sentía dueño de su historia, o porque temía que hubiera en ellos algo que pudiera contradecir su versión de los hechos: si no, ¿por qué los había escondido?

—El caso —siguió diciendo— es que me dejó sin una sola foto de nuestra vida en común, y cuando mi hijo encontró los álbumes en un armario, en cierto modo vio esa vida por primera vez, porque era demasiado pequeño para acordarse de nada. Cuando volvió a casa, noté nada más verlo que le pasaba algo, y estuvo varias horas muy callado. No paraba de mirarme, cuando creía que no me daba cuenta, y al final le pregunté: ¿Tengo algo en la cara? ¿Por qué me miras de ese modo tan raro? Y entonces me contó que había encontrado los álbumes y se había pasado toda la mañana mirándolos, porque su padre se había ido a jugar al tenis con unos amigos y lo había dejado solo. Tú sales en las fotos, mamá, me dijo, solo que no eres tú de verdad. Lo que quiero decir es que sé que la persona de las fotos eres tú, pero no te reconocía. Le contesté que llevaba años sin ver esas fotos y que seguramente había envejecido más de lo que pensaba. Y me dijo: No, no es que parezcas mayor. Es que has cambiado en todo. En las fotos nada es igual. Ni tu pelo ni tu ropa ni tu expresión, ni siquiera tus ojos.

Mientras nos contaba esta anécdota, sus ojos se agrandaron y se pusieron más brillantes, y es posible que se le llenaran de lágrimas, pero siguió sonriendo de una manera que indicaba claramente que estaba acostumbrada a guardar la compostura. El novelista galés la miró con cortés preocupación y un leve gesto de alarma.

—Pobre chico —dijo Luís lúgubremente—. Para empezar, ¿por qué ese cabrón se va a jugar al tenis?

—Porque sabe que así —contestó Sophia, con una sonrisa más encantadora que nunca— me priva de mi libertad y mi tranquilidad incluso cuando tengo un poco de tiempo para mí. Si cuidara de nuestro hijo los fines de semana que pasan juntos, en cierto modo me estaría dando algo, pero ha decidido dedicar su vida a asegurarse de que eso no pase nunca, aun a costa de utilizar a nuestro hijo. No me cabe la menor duda de que si nuestro hijo estuviera únicamente a su cargo lo educaría de maravilla: le enseñaría a derrotar a los demás en el deporte, a ganar todas las competiciones y a castigar continuamente a su madre desentendiéndose de ella. Cuando nos divorciamos, peleó por la custodia, y sé que a muchos de nuestros amigos les extrañó que me opusiera, porque pensaban que como feminista tenía que promover la igualdad de las dos partes, y también porque se tiene la creencia de que un hijo necesita especialmente a su padre, para aprender a ser un hombre. Pero yo no quiero que mi hijo aprenda a ser un hombre. Quiero que llegue a serlo a través de la experiencia. Quiero que descubra cómo actuar, cómo tratar a las mujeres y cómo pensar por sí mismo. No quiero que aprenda a dejar los calzoncillos tirados en el suelo o a utilizar su condición de hombre como excusa.

El novelista galés levantó un dedo con vacilación y dijo que sentía mucho no estar de acuerdo, pero le parecía importante señalar que no todos los hombres se comportaban como su exmarido y que los valores masculinos no eran únicamente fruto del culto al egoísmo, sino que también incluían cosas como el honor, el deber y la caballerosidad. Él tenía dos hijos, además de una hija, y le gustaba pensar que eran personas equilibradas. No podía negar que había diferencias entre la niña y los niños, y por la misma razón, negar las diferencias entre hombres y mujeres tal vez equivaliese a obviar las mejores cualidades de ambos. Reconocía que tenía mucha suerte, porque él y su mujer formaban una buena pareja, y había descubierto que sus diferencias generalmente eran complementarias, en vez de una fuente de conflictos.

—¿Su mujer también es escritora? —preguntó Luís, mientras jugueteaba con la servilleta con aire indiferente.

Su mujer era madre a tiempo completo, contestó el novelista galés, y los dos estaban contentos con ese acuerdo, porque, afortunadamente, con lo que él ingresaba con su trabajo literario ella no tenía necesidad de ganar dinero y podía ayudarle a encontrar el tiempo necesario para escribir. En realidad, dijo, ella escribía un poco en sus ratos libres, y recientemente había escrito un libro para niños que había tenido un éxito increíble. Cuando sus hijos eran más pequeños, les contaba historias de una yegua galesa que se llamaba Gwendolyn, y al final eran tantas, porque todas las noches continuaba la historia para captar la atención de los niños, que, según ella, el libro se había escrito literalmente solo. Evidentemente, él no podía tener una opinión objetiva de las aventuras de Gwendolyn, pero le llevó el libro a su agente, que por fortuna fue capaz de conseguirle a su mujer un contrato impresionante para tres libros.

—Mi exmujer y yo también le contábamos historias a mi hijo —dijo Luís lúgubremente— y le leíamos en la cama todas las noches, por supuesto. Pero no ha servido de nada. No coge un libro en la vida. A veces tiene que leer algo para el colegio y lo vive como una tortura, mientras que cuando yo tenía su edad leía todo lo que caía en mis manos, hasta las instrucciones de la lavadora y las revistas del corazón de mi madre, porque en mi casa no había libros. Pero a mi hijo le repele, y siempre pierde el libro que tiene que leer. Me lo encuentro tirado en el jardín, bajo la lluvia, olvidado en el bolsillo de su abrigo o al lado de la bañera, y cada vez que lo recupero, lo limpio y vuelvo a dejarlo a mano, porque veo en su rechazo de los libros un rechazo a mí y a mi autoridad como padre. Mi hijo me quiere y no me culpa inconscientemente de las cosas que le han pasado, pero sospecho que tiene la sensación de que si prestara atención a un libro y se perdiera en sus páginas nunca lo encontraríamos, que el mundo al que intenta aferrarse escaparía a su control. Mi exmujer y yo lo tratamos con mucho cariño y hacemos todo lo posible por llevarnos bien desde que nos separamos y por asegurarle que él no tiene la culpa, pero su reacción ha sido no mostrar la más mínima curiosidad por la vida y anclarse a las comodidades y los placeres que le inspiran confianza. Se pasa los días enteros en su cuarto, sin más motivación que ver la tele y comer chucherías y pasteles, y es imposible no sentir que lo hemos destrozado, no por maldad, sino por descuido y egoísmo.

Sophia, que se había puesto cada vez más nerviosa mientras escuchaba a Luís, lo interrumpió en ese momento.

—Pero no lo ayudáis —dijo— tratándolo como si fuera una cosa frágil, protegiéndolo y escondiendo vuestro conflicto, cuando tiene delante, a diario, las consecuencias de ese conflicto. Yo no podía proteger a mi hijo, y por eso ha tenido que tomar sus propias decisiones y comprender que su destino está en sus manos. Cuando no quiere leer un libro le digo: Muy bien, si lo que quieres es trabajar en la gasolinera de la autopista cuando seas mayor, no lo leas. Los niños tienen que superar las dificultades —añadió, mientras Luís negaba sombríamente con la cabeza— y hay que dejarlos, porque si no nunca se harán fuertes.

Los camareros habían traído el último plato, un guiso de pescado grasiento del que nadie había comido demasiado, aparte del novelista galés. Luís miró a Sophia con gesto angustiado y apartó el plato con tristeza, como si fuera el símbolo del optimismo voluntarista que ella acababa de expresar.

—Están heridos —dijo despacio—. Heridos, y no sé por qué esa herida en particular ha sido tan letal en el caso de mi hijo, pero como he sido yo quien se la ha causado, ahora tengo la obligación de cuidarlo. Lo único que sé es que ya no puedo contar esa historia, ni a él ni a mí mismo.

Hubo un silencio mientras los camareros retiraban los platos, y hasta los hombres que estaban enfrente, que llevaban todo ese rato hablando del liderazgo de José Mourinho, se quedaron callados y mirando al vacío con gesto saciado y ausente.

—He conocido a muchos hombres de distintas partes del mundo —dijo Sophia, apoyando los brazos esbeltos en el mantel blanco y cubierto para entonces de servilletas arrugadas, manchas de vino y restos de pan—, y creo que los hombres de este país —añadió, sonriendo y parpadeando— son los más dulces de todos, pero también los más infantiles. Detrás de cada hombre está su madre, que de tanto elogiarlo lo ha estropeado para siempre. Nunca podrán comprender por qué no reciben los mismos elogios del resto del mundo, en especial de la mujer que ha sustituido a su madre: no pueden ni confiar en ella ni perdonarla por haberla sustituido. Lo que más les gusta a esos hombres es tener un hijo, porque eso les permite repetir el ciclo completo y sentirse satisfechos. Los hombres de otros países son distintos, ni mejores ni peores en el fondo: son mejores amantes pero menos corteses, o más confiados pero menos considerados. Los ingleses —añadió, mirándome a mí— son los peores según mi experiencia, porque no son ni buenos amantes ni niños dulces, y creen que las mujeres somos de plástico en vez de carne. Los ingleses no están unidos a su madre, y por eso quieren casarse con ella, incluso ser ella, y aunque normalmente son educados y razonables con las mujeres, como lo sería un extraño, no las comprenden.

»Después de que mi hijo encontrara esas fotos en casa de su padre —continuó— y de que hiciera la observación de que yo no era la misma persona, ni siquiera en las moléculas de mi piel, pasé una temporada muy desconcertada y deprimida. De repente tuve la sensación de que todos los esfuerzos que había hecho para que las cosas siguieran como siempre después del divorcio, para que mi vida siguiera siendo reconocible para mi hijo y para mí, en realidad eran falsos, porque debajo de la superficie ni una sola cosa seguía siendo igual. Pero esas palabras de mi hijo también me hicieron sentir por primera vez que alguien había entendido lo que había pasado, que mientras yo siempre contaba esa historia, para mí y para los demás, como una historia de guerra, en realidad no era más que una historia de cambio. Y el cambio había pasado desapercibido y sin que nadie lo analizara hasta que mi hijo lo vio en las fotos y se dio cuenta. Justo esos días que él iba a irse con su padre, yo tenía planes de pasar el fin de semana con un amigo, y lo invité a nuestro apartamento. Había puesto mucho cuidado para que mi hijo no me viera con otros hombres, para evitar que pudiera contarlo, inocentemente, porque estaba segura de que su padre tendría una reacción violenta. Esta necesidad de prudencia y secretismo también ha vuelto más emocionantes esos interludios de pasión: son una especie de recompensa que me ofrezco a mí misma, y a menudo dedico tiempo a pensar en ellos y a planificarlos, incluso cuando estoy con mi hijo y por la razón que sea me aburro. Pero ese día, cuando mi hijo se fue con su padre y yo estaba esperando en mi apartamento, al oír pasos en la escalera y el chasquido de la llave en la cerradura, de repente no supe cuál de los hombres a los que he conocido a lo largo de mi vida estaba a punto de entrar por la puerta. En ese momento, tuve la sensación de que había dado demasiada importancia a las diferencias entre esos hombres, porque el mundo entero parecía depender de que estuviera con uno en lugar de con otro. Me di cuenta de que había creído en ellos, y en el éxtasis o la angustia que me causaban, pero en ese momento casi no recordaba por qué y apenas era capaz de distinguir a unos de otros.

Quienes estaban escuchando el relato de Sophia empezaban a mostrarse visiblemente incómodos, a removerse en los asientos y a recorrer el salón con la mirada, menos Luís, que estaba muy callado y la miraba fijamente con una expresión impasible.

—En el fondo —dijo Sophia—, sentía que esas relaciones no tenían la autenticidad de mi relación con mi exmarido, y siempre encontraba defectos a todos los hombres para explicarme aquella sensación: uno no hablaba idiomas tan bien como él; otro no sabía cocinar; otro no era tan buen deportista. Parecía casi una competición y, si aquellos hombres eran inferiores en algo a mi marido, él siempre ganaba la competición, y yo me explicaba esa actitud tan dura conmigo misma como la consecuencia directa del miedo que le tenía. Mi marido ha estado muy cerca de matarme sin llegar a ponerme nunca un dedo encima, y de pronto vi que eran mis ganas de que me mataran lo que a él le permitía llegar tan lejos, lo mismo que era la confianza que yo ponía en esos otros hombres lo que les permitía causarme daño o placer. Pero mientras oía la llave en la cerradura, de repente pensé que quien estaba a punto de entrar podía ser mi marido, aunque daría lo mismo, porque la mujer a la que él conocía —la mujer que había creído en su personaje— ya no estaba allí.

»Dices —le dijo a Luís— que te niegas a seguir contando esa historia, y puede que sea por las mismas razones, porque has dejado de creer en los personajes o en ti como personaje, o quizá porque las historias, para que funcionen, tienen que ser crueles, y también te has lavado las manos de ese drama. Pero cuando mi hijo hizo esos comentarios sobre las fotografías, comprendí que, en cierto modo, sin que me diera cuenta, me quitaba la carga de esa percepción que en mi cabeza siempre había sido inseparable de la carga de vivir y de la carga de contar la historia. Mi hijo me demostró en ese momento que en realidad estaban separadas, y el efecto que me produjo fue una sensación de libertad increíble, aunque a la vez temía que al desprenderme de esa carga pudiera quedarme sin ninguna razón para vivir. Tienes que vivir —le dijo a Luís, tendiéndole una mano implorante por encima de la mesa. Y él, a regañadientes, le ofreció la suya y apretó la mano de Sophia—. Nadie puede hacerse cargo de esa obligación por ti.

Uno de los organizadores se acercó a la mesa y nos dijo que el autobús nos estaba esperando para llevarnos al hotel. Cuando salimos del restaurante y volvimos a cruzar el solar con las pintadas en las paredes de hormigón, donde ya no estaba el niño tocando la flauta, el novelista galés señaló que la comida había sido muy intensa.

—No sé si Sophia ha actuado un poco para Luís —dijo en voz baja, mirando hacia los agujeros oscuros que asomaban por detrás de los bordes desmoronados de las paredes de los edificios en ruinas, y hacia las hierbas acunadas por el viento a la orilla del camino—. La verdad es que creo que hacen muy buena pareja.

Le pregunté si pensaba ir a la conferencia de Sophia, que estaba programada para esa tarde, y contestó que por desgracia no podía. Tenía que entregar a última hora un artículo sobre las distintas actitudes ante el referéndum del Brexit en Gales. Había quedado demostrado que la gente que vivía en la más absoluta pobreza y fealdad era la que había votado más abrumadoramente por marcharse, y en ningún sitio era más cierto que en su pequeña región.

—Ha sido un poco como si los pavos votaran a favor de la Navidad —dijo—, aunque evidentemente eso no puedo decirlo en el artículo.

Había fincas, dijo, en las zonas postindustriales más deprimidas del sur, donde los hombres seguían montando a caballo y disparándose con escopetas, y las mujeres hacían pócimas de hongos mágicos en calderos enormes. No se los imaginaba dedicando mucho tiempo a discutir su permanencia en la UE, si es que sabían lo que era. Le parecía muy triste, añadió, poniéndose muy serio, que el país se hubiera unido en algo que esencialmente era un acto de autodestrucción, aunque por suerte a él no le afectaría personalmente, porque la mayoría de sus ingresos procedían de las ventas en el extranjero: de hecho, y eso era una ironía, cuanto más cayera la libra frente al euro mejor le irían a él las cosas. Pero el Brexit había destruido la convivencia incluso en su comunidad, donde la cordialidad entre los vecinos se había transformado en desconfianza mutua. Él estaba completamente a favor de que la gente expresara su opinión, pero echaba de menos los tiempos en que las cosas que no afloraban a la superficie se dejaban donde estaban. El día siguiente al referéndum, dijo, fue a visitar a sus padres en Leicestershire, y paró en una gasolinera a repostar y a tomar café. Era un sitio de lo más deprimente, y el hombre que estaba a su lado —un tipo grande y cubierto de tatuajes— zampándose una fuente de comida frita anunció a todos los presentes que por fin podía ser un inglés en su propio país y tomar un desayuno inglés.

—Eso te hace pensar que la democracia no era tan buena idea al fin y al cabo —señaló.

Le dije que creía que su familia era de Gales, y me miró

con su extraña sonrisa cansada, enseñando los dientes pequeños y amarillos.

—Me crie en las afueras de Corby —contestó—. Si le soy sincero, era un sitio muy aburrido. Siempre pienso que debería escribir sobre esa época algún día, pero la verdad es que no hay demasiado que decir.

A la mañana siguiente, el viento había amainado, las nubes bajas y grises empezaban a diluirse y levantarse, y, a la hora en que los participantes ya se estaban reuniendo en el vestíbulo, un intenso calor acechaba por debajo del velo de las nubes, mitad amenaza, mitad promesa. Al ver que algunos querían ir a la playa, los organizadores se pusieron a mirar el reloj y a deliberar con preocupación. Les explicaron que la playa estaba como mínimo a media hora caminando: por desgracia era imposible ir y volver a tiempo para el siguiente acto. Alguien preguntó si habría traducción simultánea en esa sesión, que trataba sobre las interpretaciones contemporáneas de la Biblia, a lo que los organizadores respondieron que, lamentablemente, en este caso no podían ofrecer traducción simultánea: ese fin de semana se celebraba una importante fiesta religiosa en el país, y parte del equipo del festival se había ido a casa con sus familias. También era la final de la copa, y se temían que eso pudiera diezmar aún más el número de asistentes. Actúan —me dijo un hombre que se llamaba Eduardo— como si fueran víctimas del destino, cuando esos acontecimientos se veían venir desde hace mucho tiempo y podían haber buscado una solución. Aunque puede que sea precisamente la intensidad de nuestro empeño lo que nos vuelve ciegos a otras realidades, añadió. Hacía unos años, unos amigos suyos alquilaron una casa en Italia y decidieron hacer el viaje en coche; introdujeron la dirección en el navegador y siguieron sus instrucciones, que milagrosamente los llevaron por toda Europa desde Holanda —donde vivían— hasta esa granja situada en una de las regiones más remotas del sur de Italia. Pasaron dos semanas allí, maravillados de su libertad, de su autonomía y de la facilidad con que habían hecho el viaje. Cuando llegó la hora de volver y ya tenían el coche cargado, descubrieron que el navegador no funcionaba. De pronto se dieron cuenta de que no tenían la menor idea de dónde estaban —ni siquiera sabían el nombre del pueblo más cercano—, y, como no hablaban ni una sola palabra de italiano y estaban en medio de la nada, tuvieron que dar mil vueltas por caminos de tierra desiertos, cada vez más angustiados por encontrar una carretera antes de quedarse sin gasolina y comida. Todo ese tiempo, mientras se creían libres, en realidad estaban perdidos sin saberlo.

Me preguntó si pensaba ir a la charla sobre la Biblia, que como no podría entender tendría que vivir como una experiencia mística en sí misma, y le dije que tenía previsto pasar el día en la ciudad, porque mi editora me había organizado varias entrevistas aprovechando la ocasión. Asintió con cierta tristeza, como si la noticia fuera una decepción, aunque no estaba claro para quién. Dijo que había elegido un momento propicio para mi visita, porque casualmente coincidía con la breve floración de los jacarandás en la ciudad. Eran un rasgo emblemático del paisaje: formaban impresionantes columnas a lo largo de los bulevares y las avenidas, y

decoraban muchas plazas famosas. Aunque el estallido
de las flores duraba como mucho dos semanas, producían unas nubes grandes y etéreas de brillantes racimos
violetas que se mecían con la brisa casi como el agua,
incluso como la música, como si sus preciosas flores
moradas fueran las notas individuales que formaban a
coro una ondulante masa de sonido. Me explicó que
esos árboles tardaban muchísimo en crecer, y que los
imponentes ejemplares de la ciudad tenían varias décadas, incluso siglos. La gente a veces intentaba cultivarlos
en sus jardines, pero a menos que tuvieras la suerte de
haber heredado uno, era casi imposible reproducir el
espectáculo para el disfrute privado. Tenía muchos amigos —elegantes, con aspiraciones de buen gusto— que
habían plantado jacarandás en el jardín, como si aquella
ley de la naturaleza no fuera con ellos y pudieran hacerlos
crecer por pura fuerza de voluntad. Al cabo de uno o dos
años, se frustraban y se quejaban de que apenas habían
crecido dos centímetros. Pero esos árboles tardan veinte,
treinta o cuarenta años en crecer y ofrecer su hermoso
espectáculo, dijo con una sonrisa. Cuando se lo señalas,
se horrorizan, quizá porque no se imaginan que vayan a
quedarse tanto tiempo en la misma casa, o que su matrimonio pueda durar tanto, y casi terminan odiando su
jacarandá, a veces hasta lo arrancan y lo sustituyen por
otra especie, porque les recuerda la posibilidad de que tal
vez sean la paciencia, la resistencia y la lealtad —más que
la ambición y el deseo—, lo que en última instancia nos
recompensa. Es casi una tragedia, añadió, que las mismas
personas que son capaces de querer un jacarandá y comprender su belleza sean incapaces de cuidarlo.

Conocía a mi editora, añadió, porque la ciudad era

en realidad un mundo muy pequeño en el que todos se conocían más o menos. En una comunidad tan estática como la suya, las vidas de los demás eran un drama continuo que pasaba por diversas fases de la existencia, como esas interminables comedias de situación. De vez en cuando aparecía un personaje nuevo, pero el núcleo del reparto era siempre el mismo. Paola era una buena persona, dijo, de esas mujeres a las que siempre les pasa algo y por hache o por be siempre salen fortalecidas de la experiencia. En aquel país, señaló, para que una mujer sobreviviera a tantos intentos de aplastarla tenía que ser una heroína, levantarse continuamente y vivir, en última instancia, siempre sola.

En la televisión, delante de los sofás desiertos, se veía una multitud congregada alrededor de una iglesia, sosteniendo cirios y coronas de flores, y a un sacerdote con sotana que hablaba a través de un micrófono. Una niña, con un lazo de raso enorme y azul en el pelo, y un vestido con muchos volantes a juego, se quedó mirando la pantalla mientras sus padres la llamaban desde el ascensor, con las puertas abiertas.

—Es nuestro secreto inconfesable —dijo Eduardo, volviendo la mirada a la ceremonia religiosa que estaban retransmitiendo por televisión—. Uno casi llega a aceptar que la mitad del país está loco, pero mañana, con el fútbol, queda claro que la otra mitad también lo está.

Los delegados habían empezado a reunirse en el asfalto, al otro lado de los ventanales, esperando a que los llevaran al siguiente acto. Cuando salimos al aparcamiento, Eduardo miró el cielo con gesto dudoso.

—Hasta ahora nos ha visto con un tiempo raro —dijo—. Pero creo que está a punto de mejorar.

Un sol machacante, añadió, era la norma en aquella época del año: esos melancólicos intervalos de confusión gris, aunque raros, causaban un efecto de lo más desalentador, como si representaran una ausencia de autoridad temporal. Aunque fuese un tirano, el sol al menos era coherente. En Inglaterra, dijo, están ustedes acostumbrados a que les llueva, pero aquí nos tomamos esas cosas personalmente, como los niños se toman personalmente los estados de ánimo de sus padres y dan por sentado que la culpa es suya. Puede que por eso la gente que vive siempre al sol no se hace responsable de su felicidad. Según su hijo, añadió, ese tiempo impropio de la estación al menos ofrecía unas condiciones perfectas para el surf, lo que sin duda significaba que cogería los bártulos y se iría con sus amigos a pasar unos días en la playa, sin más ambición que una colonia de focas, que van a donde las fuerzas de la naturaleza las empujan. Mis hijos, dijo, viven solo en dos dimensiones, como el personaje de Tintín: esas aventuras son posibles porque ocurren en un mundo inmutable que la pluma del dibujante puede representar, mientras que para mí la verdadera realidad siempre ha sido la gente y sus pensamientos. He tratado siempre a mis hijos con cariño, y el resultado es que no tienen ninguna de las preocupaciones que yo tenía a su edad, y tampoco ninguna de las ideas y las visiones que en mi opinión eran capaces de transformar el mundo y convertir hasta las cosas más pequeñas en elementos de un drama gigantesco, de manera que todo parecía en flujo continuo. Para ellos el mundo es inmutable, como digo, y se conforman con aceptar la parte que les toca, pero al final esa parte será mucho más pequeña que la que a mí me ha tocado, aunque aparentemente me haya dedicado al mundo de las ideas. Tengo más de lo que ellos quizá lleguen a tener nunca, dijo, sonriendo, aunque a ellos les parezco un espíritu atormentado: siempre me están dando consejos para que sea más feliz y me relaje un poco, y son buenos consejos, pero no se dan cuenta de que, si siguiera sus consejos, el drama se acabaría y el mundo perdería todo su interés para mí. El otro día, estaba hablando con mi hijo de política, y dijo que la posibilidad de destrucción parecía ciertamente muy cercana tal como estaban las cosas, tanto que no conseguía ver qué movimiento podría sacarnos del rincón del tablero. Le contesté que esa sensación también la habíamos tenido nosotros, al llegar a la edad adulta y apreciar el papel de los acontecimientos externos en el devenir de la historia y su capacidad de interferir y transformar nuestras vidas, cerradas herméticamente hasta entonces en su etapa infantil. Dijo algo que me sorprendió mucho: que, pasara lo que pasara, tenía la sensación de que la humanidad se había ganado a pulso su destrucción, y aunque eso significara que su generación quizá no llegaría a completar su recorrido vital, creía que sería lo mejor. Cada vez que pensaba en el futuro, había dicho su hijo, tenía que obligarse a recordar que la percepción de su propia historia no era más que una ilusión, porque apenas quedaban ya elementos suficientes para ninguna otra historia: ni tiempo ni materiales ni autenticidad. Lo hemos agotado todo, dijo Eduardo, menos las olas quizá, que siguen golpeando la costa y seguirán golpeándola cuando ya no estemos.

Había llegado el autobús, y la cola de participantes empezó a avanzar despacio hacia las puertas abiertas.

Eduardo me ofreció la mano. El sol estalló de pronto entre las nubes, con una violenta embestida de calor que atacó nuestras caras, el asfalto del aparcamiento y la chapa brillante del vehículo.

—Sospecho que tiene intención de escaparse —me dijo, cerrando los ojos, no supe si por desconcierto o por la intensidad del resplandor—. Espero que haga buen uso de su libertad.

El hotel donde me había citado Paola era tan lujoso como deprimente el otro del que venía. Las paredes del inmenso vestíbulo estaban forradas de cuero y madera oscura, y la combinación de las columnas, la iluminación tenue y el techo más bajo en algunas zonas creaba un ambiente de misterio que, aunque dejaba a la gente visible, la invitaba al mismo tiempo a sentirse oculta. El mostrador de recepción, un plinto grande, hundido en un rincón y atendido por una fila de empleados de uniforme, daba una impresión de finalidad tan imponente, dijo Paola, que parecía como si fuera allí donde se separaba el grano de la paja. Paola, sentada en un taburete de cuero, con una túnica plateada y unas sandalias doradas, tecleaba a toda velocidad en la pantalla del teléfono móvil, mirando de vez en cuando alrededor del vestíbulo con aire inquisitivo. A su lado, en un sofá, estaba su ayudante, una chica grande y rellenita con una expresión dulce y plácida. El hotel, dijo Paola, se arrogaba pretensiones literarias más bien espurias, porque toda su legitimidad era que antes había sido la sede de una librería que se derribó para construir el nuevo edificio. No obstante, habían decidido conservar esa idea implícita en el logotipo del hotel —un motivo de firmas famosas escritas con tinta desvaída— y en el severo esplendor de su decoración, aunque en las prisas por recrear el ambiente de una biblioteca se habían olvidado de dotarla de libros, aparte de los que se veían en el papel pintado —hecho con una fotografía de los lomos de unos volúmenes de cuero gastado— con el que habían decorado los ascensores por dentro. De todos modos, teníamos que agradecerles que se tomaran la literatura tan en serio, porque aunque el hotel no representaba en absoluto a los escritores y sus vidas, era ideal para hacer entrevistas, y uno de los sitios más frescos y tranquilos de la ciudad en verano.

El primer periodista llegaría en cualquier momento, añadió, y después grabaríamos una entrevista para el último programa cultural que quedaba en la televisión nacional. Invitaban a muy pocos escritores a ese programa, dijo, y estaba muy contenta de que yo estuviera entre los elegidos, porque cada vez era más difícil encontrar oportunidades para promocionar los libros. El formato era muy sencillo y la entrevista duraría unos quince minutos como máximo, porque en el último medio año habían recortado la duración del programa. No estaba exactamente claro por qué lo habían hecho, aunque daba la sensación de que todo lo relacionado con la literatura encogía cada vez más, como si el mundo de los libros estuviera gobernado por el principio de la entropía, mientras todo lo demás seguía proliferando y expandiéndose. Los periódicos dedicaban ahora a las reseñas la mitad de espacio que hacía diez años; las librerías cerraban una tras otra, y, con la llegada del libro electrónico, había agoreros que vaticinaban la irremediable desaparición del libro como entidad física. Estamos amenazados de extinción, dijo Paola, como el tigre siberiano, como si las novelas, que antes eran fieras indomables, se hubieran vuelto criaturas frágiles e indefensas. Hemos fracasado en la promoción de nuestros productos en algún punto del camino, quizá porque la gente que trabaja en el mundo literario es la misma que en secreto piensa que su interés por la literatura es una debilidad, una especie de flaqueza que los diferencia de los demás. Los editores partimos del supuesto de que los libros no interesan a nadie, mientras que los fabricantes de copos de cereales están convencidos de que el mundo necesita los copos de cereales como necesita que el sol salga por la mañana.

Había estado todo el rato muy atenta al vestíbulo, y se le iluminaron los ojos al ver a un hombre que entraba por las grandes puertas de cristal ahumado. Bajó del taburete de un salto para recibirlo, mientras su ayudante me preguntaba si me apetecía tomar un café antes de empezar. Probablemente habría algún hueco libre entre una entrevista y otra, pero nunca se sabía a ciencia cierta: a veces se alargaban más de lo previsto. Quizá algunos escritores tuvieran más cosas que decir que otros, añadió dubitativamente, o quizá simplemente les gustaba más hablar. Le pregunté cuánto tiempo llevaba trabajando en el mundo de la edición y contestó que desde hacía solo un par de meses. Antes trabajaba para una de las líneas aéreas del país. Este empleo era mejor, porque tenía un horario más compatible con la vida social y le permitía pasar más tiempo con sus hijos. Sus hijos eran muy pequeños, pero ya había tomado la costumbre de pedir a todos los escritores que conocía que le firmaran una dedicatoria para ellos. Guardaba esos libros en una estantería especial, aunque los niños aún fueran demasiado pequeños para leerlos, porque le gustaba la idea de que en el futuro encontraran una estantería llena de libros dedicados para ellos. Si teníamos tiempo, dijo, más tarde quizá me pidiera el favor de que le firmara alguno de los míos.

El periodista se había sentado en otro sofá y estaba repasando sus notas. Se levantó para darme la mano con un gesto muy serio: era altísimo, completamente calvo y llevaba unas gafas de pasta tan grandes que parecían hechas adrede para magnificar su papel de interrogador, al tiempo que le permitían concebir la esperanza de que quizá nadie lo viera. Tenía la piel exageradamente pálida, y la cabeza grande y pelada cobraba en la penumbra del vestíbulo un aspecto brillante y sobrenatural, como el de una aparición. La ayudante de la editora le ofreció agua, y el periodista la aceptó arqueando las cejas, como si le sorprendiera el ofrecimiento. A su lado, en la mesa, había dejado un montón de libros con las páginas erizadas de Post-it. Esperaba que no me pareciera que hacía demasiado calor, dijo: él no soportaba esta época del año en la ciudad porque, a diferencia de la mayoría de sus compatriotas, tenía la piel muy clara y toleraba mal el sol. Prefería el clima de Inglaterra, donde hasta un día de verano era suave como una caricia, y los árboles, citando a Tennyson, tendían sus brazos oscuros sobre las praderas, aunque por supuesto los ingleses llegaban a este país como hordas, dijo, haciendo una mueca con la boca carnosa y pálida, para tostarse en sus playas. Había pensado, añadió, que quizá por tacto o cortesía, o por pura vergüenza, terminarían por abandonar esa costumbre, ahora que no querían seguir formando parte de la Unión Europea, pero no había ningún indicio de que ese fuera a ser el caso.

—Se atrincheran en los balnearios y en los centros turísticos —dijo, cruzándose de brazos y mirando histriónicamente alrededor con desafío y bravuconería, imitando a aquellos intrusos—, incapaces de tener una conversación en ningún idioma distinto del suyo, ni siquiera de comprender las consecuencias de su estupidez y su zafiedad. Son como niños grandes —afirmó, adoptando cierto parecido con un niño más grande de lo normal— que han conseguido hacer descarrilar a toda la familia porque nadie se ha preocupado de educarlos como es debido. Una vez tuve una historia de amor con Inglaterra —dijo, recuperando su actitud normal—. Me enamoré de su poesía y de su ironía: tan grande era mi amor que maldecía mi suerte por no haber nacido inglés. Pero ahora me alegro de no serlo.

Tenía la sensación, siguió diciendo, de que también yo había dedicado cierta reflexión al asunto de las cambiantes perspectivas de la identidad: ¿no era cierto que uno podía creerse en desventaja por cosas que con el tiempo resultaban ser valores positivos y, al contrario —y eso quizá fuera lo más común—, que hubiera gente convencida de su condición de favorita de los dioses hasta que la vida les daba una lección? Cuando iba al colegio, por ejemplo, era un niño sin habilidades para el deporte, se consideraba un inútil total, hasta que se dio cuenta de que un buen cerebro valía mucho más que el don de coger un balón. Un amigo suyo decía una frase que siempre le hacía mucha gracia: la vida era la venganza de los torpes, y esta idea tan seductora —la de que fueran los ratones de biblioteca de los que todo el mundo se burlaba quienes finalmente se hacían con el poder— cobraba ciertos matices cuando se aplicaba a los escritores, que en general seguían sin resolver la cuestión del poder. Un escritor únicamente alcanzaba poder cuando alguien leía sus libros: quizá por eso había tantos escritores obsesionados con que se hicieran películas de sus novelas, para eximir a la gente de la parte ardua de la transacción. En el caso de los ingleses, su poder era un simple recuerdo, y sus intentos de seguir ejerciéndolo, un espectáculo tan ridículo como el del perro que sueña que está cazando un conejo.

Tenía la costumbre de leer la obra completa de un autor, añadió, al ver que yo miraba el montón de libros, y no solo el último, como hacía la mayor parte de sus colegas. A menudo le había sorprendido comprobar que muchos autores lo veían como una especie de investigación de su pasado, como si los libros no existieran en el ámbito público y él en cierto modo los hubiera cogido sin permiso. En cierta ocasión, se encontró con un autor totalmente incapaz de recordar nada de un libro que había escrito años antes; en otra, una novelista le reconoció que solo le gustaba uno de los muchos libros que había escrito —libros que sus lectores seguían comprando y presumiblemente leyendo—, mientras que los demás le parecían bastante insulsos. Pero otros escritores —y sin duda era el caso más generalizado—, al parecer valoraban su obra en función de la recompensa y el reconocimiento recibidos, y tomaban la valoración del mundo como medida de su propia importancia, eso sí, añadió, ajustándose las gafas, únicamente cuando esa valoración era positiva. Lo que le llamaba la atención era que estos escritores parecían haberse embarcado en su carrera sin ningún plan preconcebido, que se habían dedicado a escribir libros como otros se levantaban por las mañanas para ir a trabajar. Es decir, sencillamente era su oficio, tan provisional y expuesto al aburrimiento y a la rutina como cualquier otro empleo: no sabían qué les depararía el futuro, aunque suscribían la misma vaga creencia general en el progreso que el resto del mundo y eran igualmente proclives a magnificar sus éxitos y culpar de sus fracasos a la ignorancia de los demás, aparte de a la suerte, que según ellos era el principal factor por el que otros les habían tomado la delantera.

—Confieso que estas revelaciones me han decepcionado —dijo—, porque venero el arte literario, y aunque acepto que una novela previa, incluso de un gran maestro, pueda no tener la profundidad y la complejidad de una obra posterior, no me hace demasiada gracia pensar que al leer la obra completa de un autor simplemente estoy presenciando sus tropiezos a lo largo de la vida, que es solo un poco menos ciego que los demás.

Siempre se había sentido atraído por la escritura provocadora y difícil, siguió diciendo, porque eso al menos demostraba que el autor había tenido el ingenio suficiente para quitarse los grilletes de las convenciones, pero había comprobado que algunas obras de extrema negatividad —los escritos de Thomas Bernhard eran un ejemplo sobre el que había reflexionado mucho últimamente— al final te llevaban a un punto muerto. Una obra de arte no podía en última instancia ser negativa. Su existencia material, su posición como objeto, no servía de nada si no era positiva: una ganancia, una adición de la suma global. La novela autodestructiva, como la persona autodestructiva, era algo de lo que uno al final quedaba inevitablemente separado, obligado a contemplar un espectáculo —el del alma girando sobre sí misma— en el que uno no tenía ningún poder de intervención. El arte culto se ponía muy a menudo al servicio de esta inmolación, lo mismo que las grandes inteligencias y las grandes sensibilidades eran con frecuencia características de quienes consideraban que el mundo era un lugar imposible para vivir; pero el espectro de la locura era tan desconcertante que hacía inviable la rendición al texto; uno estaba en guardia permanente, como un niño frente a un padre loco, sabiéndose en última instancia solo. Había observado que la literatura negativa tomaba buena parte de su poder de un uso temerario de la honestidad: una persona sin ningún interés por la vida y, por tanto, sin ninguna inversión para el futuro podía permitirse el lujo de ser honesta, dijo, y el mismo dudoso privilegio era extensible al escritor negativo. Pero esa honestidad, como ya había dicho, resultaba intragable: en cierto modo era un desperdicio, porque a nadie le importaba la honestidad de quien saltaba del barco en el que todos los demás estábamos atrapados. La verdadera honestidad, naturalmente, era la de quien seguía a bordo y se empeñaba en contar la verdad, o al menos eso nos hacían creer. Si estaba yo de acuerdo en que la literatura era una forma que se alimentaba de las construcciones sociales y materiales, el escritor no podía hacer nada más que quedarse dentro de esas construcciones, enterrado en su vida burguesa —lo había leído recientemente en alguna parte— como una garrapata en el pelaje de un animal.

Cuando hizo una pausa para buscar algo entre sus notas, me quedé observando la asombrosa palidez de la calva inclinada sobre las páginas. Al cabo de un rato, levantó la vista y me miró con las gigantescas esferas de sus gafas. La cuestión de la que quería hablar conmigo, dijo, era si creía yo que existía un tercer tipo de honestidad, al margen del de la persona que huye y la persona que se queda; una honestidad a la que no puede atribuirse ningún sesgo moral, que no se interesa por demoler ni por reformar, que carece de una orientación determinada y es capaz de describir el mal con la misma objetividad que la virtud, sin desviar el rumbo hacia lo uno o hacia lo otro, que es pura y reflectante como el agua o el cristal. Creía que algunos escritores franceses se habían interesado por esta cuestión —le venía a la cabeza el ejemplo de Georges Bataille—, pero en su opinión no habían pasado de postular la honestidad como un fenómeno amoral, es decir, como aquello que se niega a distinguir entre lo bueno y lo malo y no ofrece ningún juicio de lo uno o de lo otro. Su pregunta era en cierto modo más anticuada: ¿se podía asignar un valor espiritual al propio espejo, de manera que al atravesar desapasionadamente el territorio del mal este demostrara su propia virtud, su propia incorruptibilidad? ¿No tenía yo, en definitiva, hambre de esa prueba, hasta el punto de considerar el mal como tema posible?

En honor a la verdad, añadió, tal vez debiera decirme que en esa ciudad lo tenían por un creador y un destructor de reputaciones: una mala reseña suya podía aniquilar un libro, y una de las consecuencias de su propia honestidad era que se había creado muchos enemigos. Por eso, cuando publicaba un libro propio —había escrito de momento tres volúmenes de poesía— todo el mundo sacaba los cuchillos. Como resultado de esos ataques, su trabajo no había cosechado el reconocimiento que podría haber recibido en circunstancias distintas: había presentado un montón de solicitudes de becas de investigación en instituciones académicas de Estados Unidos, y también había aspirado a algunos puestos literarios en su país, sin ningún éxito, aunque su poder como crítico seguía intacto; en realidad crecía continuamente, tanto que empezaba a tener fama internacional. Sus amigos le habían dicho que si quería hacer carrera como escritor tenía que dejar de destrozar el trabajo de otros, pero eso era como pedirle a un pájaro que no volara o a un gato que no cazara. Y además, ¿qué valor tendría su poesía si vivía encerrado en el mismo zoo que los demás animales desnaturalizados, a salvo pero sin libertad? Y eso sin mencionar siquiera que el crítico tenía el valor moral de corregir la tendencia de la cultura a desviarse tanto hacia la seguridad como hacia la mediocridad, una responsabilidad que era imposible medir por el número de invitaciones a cenas.

Lo que no toleraba, por encima de todo, era el triunfo de los segundones, los deshonestos y los ignorantes: que ese triunfo ocurriera con monótona regularidad era uno de los misterios de la vida, y él era muy consciente de que al enfrentarse a esto corría el riesgo de caer en la misma desesperación que volvía tan imponente la literatura de la negatividad. Demasiado tiempo entre los fariseos y demasiado poco en compañía del diablo: eso era lo que había suscitado su interés por la cuestión del mal. Tenía solo veintiséis años —era consciente, dijo, de que parecía mucho mayor—, y cuando antes había aludido a esos escritores que al parecer no tenían un plan global e incluso afirmaban no saber lo que iba a pasar en el libro que en ese momento estaban escribiendo, como si su trabajo no fuera fruto de una reflexión rigurosa, de la capacidad artística o del simple esfuerzo, sino de la inspiración divina o, peor aún, de la imaginación, no se estaba describiendo a sí mismo. Él nunca empezaría a escribir nada sin saber exactamente adónde iba a conducirle, como tampoco saldría de casa sin conocer su destino, o sin sus llaves y su cartera. Ese tipo de afirmaciones eran la ruina de la cultura, porque imputaban a las artes una especie de debilidad mental, mientras que en otros campos, los hombres y las mujeres sentían orgullo de su disciplina y su capacidad. Confiaba, dijo, en que yo estuviera de acuerdo con esta opinión, porque había deducido de la lectura de mi obra que, si tenía algo de imaginación, también tenía el buen juicio de guardarla a buen recaudo.

—Y no hay mejor escondite para eso —añadió— que un sitio lo más cercano posible a la verdad, como saben todos los buenos mentirosos.

Noté que miraba algo por encima de mi hombro, y al volver la cabeza vi que era la ayudante de mi editora. Lo sentía mucho, dijo, pero el tiempo asignado para la entrevista se había agotado y, como la siguiente era para la televisión, exigía puntualidad absoluta, así que teníamos que ir llegando a una conclusión. El periodista empezó a protestar y esto derivó en un largo intercambio de palabras en el que él hablaba muy deprisa y en tono imperioso y ella contestaba muy despacio, repetía ciertas frases y asentía con la cabeza, dando a entender que lo comprendía y lo lamentaba, hasta que al final, muy enfadado, él empezó a guardar sus libros y sus notas en el maletín. Su aprendizaje en la compañía aérea, me dijo ella mientras me acompañaba a los ascensores, le había resultado muy útil en este trabajo, más veces de lo que se imaginaba. Aunque tenía que reconocer que este periodista era uno de los clientes más difíciles y que sus entrevistas casi siempre terminaban con la misma discusión, porque tardaba muchísimo en decidirse a hacer una pregunta y, cuando por fin la hacía, llegaba a la conclusión de que la mejor respuesta era la suya. Movió los ojos en círculo y apretó el botón del ascensor. En realidad, añadió, habían ido al mismo colegio, y coincidían a menudo en reuniones familiares, pero cuando se veían por asuntos de trabajo, él hacía como si no la conociera. En familia es muy educado y muy simpático, dijo con lástima, y también el único dispuesto a hablar con las abuelas, que lo escuchan durante horas y horas.

El hotel había dado permiso para montar un estudio de televisión provisional en el sótano, me explicó cuando entramos en el ascensor, y aunque no parecía tan profesional como el plató de costumbre, la ilusión era bastante convincente. Salimos a un espacio, amplio y de techos bajos donde varias personas estaban atareadas ajustando cables y luces entre montones de aparatos de filmación. En un rincón rodeado de paredes de hormigón desnudo y cajas de embalar, habían recreado una sala, con librerías, cuadros y dos butacas antiguas puestas en ángulo de conversación sobre una alfombra persa deshilachada. Estaban probando unos focos muy potentes que daban al decorado el aspecto de una isla dorada forrada de libros, en cuyas orillas trabajaban los operarios en una especie de penumbra de purgatorio. Una mujer delgada, con la cara ancha y pálida, muy maquillada para las cámaras, se nos acercó y me dio la mano. Llevaba una blusa de cuello alto con las mangas largas abotonadas, y el pelo largo y rubio recogido en una coleta, como una princesa estudiosa que viviera en la isla de los libros. Se encargaría de hacer la entrevista, dijo en inglés, y empezaríamos probablemente enseguida, en cuanto los técnicos terminaran de resolver un pequeño problema con el equipo de sonido. Se volvió a decirle algo a la ayudante de mi editora y estuvieron un rato charlando, riéndose y poniendo una mano la una en el brazo de la otra, mientras los técnicos seguían enfrascados con el equipo, en silencio, enchufando y desenchufando cables y rebuscando en los grandes estuches negros de las cámaras, abiertos y desparramados en el suelo. La entrevistadora me dijo entonces que los cámaras querían que ocupáramos nuestros puestos, y fuimos a sentarnos en las butacas, entre las librerías, donde la potencia de los focos dejaba casi en tinieblas todo lo que había alrededor y convertía a los técnicos en figuras oscuras que se movían entre las sombras turbias. Un hombre, con pinta de ser el director, se quedó justo en el borde del charco de luz, dando instrucciones a la entrevistadora, que asentía despacio con la cabeza y me miraba de vez en cuando con los ojos pintados y una sonrisa cómplice.

Me explicó que los técnicos querían que hablásemos, para ajustar el volumen del sonido y resolver el problema. Nos pedían que hablásemos simplemente de lo que habíamos desayunado, dijo, aunque seguramente podíamos debatir cosas más interesantes. Esperaba que nuestra conversación se centrara en la cuestión del reconocimiento de las mujeres escritoras y artistas: quizá tuviera yo algunas reflexiones que compartir con ella sobre el tema, para asegurarse de que me hacía las preguntas pertinentes en la entrevista. Probablemente no era un asunto nuevo para mí, aunque cabía la posibilidad de que a otros entrevistadores nunca se les hubiera ocurrido que las mismas desigualdades que sufrían las mujeres en casa y en el trabajo pudieran dictar lo que se les presentaba como arte; por eso no veía ninguna razón para no seguir martillando en el mismo clavo. Y era sin duda cierto, añadió, que pocas mujeres notables llegaban a ser reconocidas de verdad, o al menos no lo conseguían hasta que el mundo dejaba de considerarlas un peligro público, cuando eran viejas, o feas, o estaban muertas. La artista Louise Bourgeois, por ejemplo, de pronto hizo furor en los últimos años de su vida, y al final le permitieron salir del armario y dejarse ver, mientras sus homólogos masculinos llevaban toda la vida en la palestra, entreteniendo a la sociedad con su comportamiento grandilocuente y autodestructivo. Pero quien se fijara en la obra de Louise Bourgeois vería que su preocupación era la historia íntima del cuerpo femenino, de su represión, su explotación y sus transformaciones, de su increíble maleabilidad como forma y su capacidad para crear otras formas. Era tentador considerar que el talento de Bourgeois residía en el anonimato de sus experiencias; dicho de otro modo, que si la hubieran reconocido cuando era una artista joven, quizá no hubiera podido reflexionar sobre los ignominiosos misterios de su vida como mujer y se habría dedicado a ir a fiestas y a posar para las portadas de las revistas, como todos los demás. Había algunas obras, dijo, que Bourgeois ejecutó siendo madre de niños pequeños, en las que se retrata como una araña, y lo interesante de estas obras no es solo lo que transmiten sobre la maternidad —en evidente contraste, señaló, con la eterna visión masculina de la virgen realizada y en éxtasis—, sino también que parecen dibujos infantiles, hechos por la mano de un niño. Cuesta encontrar un mejor ejemplo de la invisibilidad femenina que esos dibujos, en los que la artista ha desaparecido y existe únicamente como el monstruo benigno de la percepción infantil. Muchas mujeres artistas, añadió, han ignorado su feminidad en mayor o menor medida, y es discutible que para ellas haya sido más fácil alcanzar el reconocimiento, quizá porque ocultan esos temas que a los intelectuales masculinos les resultan desagradables o quizá simplemente porque han decidido no cumplir con su destino biológico y por tanto han tenido más tiempo para dedicarse a su trabajo. Es comprensible que a una mujer de talento le fastidie verse condenada a tratar el tema femenino, y tal vez busque la libertad relacionándose con el mundo de otras maneras; pero la imagen de la araña de Bourgeois parece casi un reproche a la mujer que huye de esos temas y nos deja a las demás atrapadas, por así decir, en nuestras telarañas.

Se detuvo un momento para mirar con aire interrogante hacia el otro lado de los focos, donde los técnicos deliberaban en la sombra, con montones de cables en los brazos. El director negó con la cabeza y la entrevistadora levantó una ceja perfectamente delineada y volvió a mirarme despacio.

Recuerdo que cuando era pequeña, continuó, de repente caí en la cuenta de que los demás habían decidido ciertas cosas por mí, incluso antes de que hubiese empezado a vivir, de que me habían tocado las cartas del perdedor, mientras que mi hermano siempre ganaba la partida. Vi que era un error considerar esta injusticia como algo natural, aunque todas mis amigas parecían dispuestas a aceptarlo; y no fue tan difícil darle la vuelta a la situación, porque el chico que recibe todas las cartas quizá se vuelve un poco complaciente, y además tiene que resolver qué hacer con esa cosa que lleva entre las piernas, como un gran signo de interrogación. Esos chicos tenían unos comportamientos de lo más ridículos con las mujeres —aprendidos del ejemplo que les daban sus padres—, y yo veía que, para defenderse, mis amigas se empeñaban en convertirse en seres perfectos e inofensivos. Pero las que no se defendían lo pasaban igual de mal, porque al negarse a aceptar esos modelos de perfección, en cierto modo se descalificaban a sí mismas y se distanciaban del problema por completo. Pronto empecé a darme cuenta de que lo peor de todo era ser un chico blanco del montón, con un talento y una inteligencia del montón: hasta el ama de casa más oprimida está más en contacto con el drama y la poesía de la vida, porque como nos ha enseñado Louise Bourgeois, al menos es capaz de ampliar su perspectiva. Y era cierto que algunas chicas tenían mucho éxito académico y cultivaban sus ambiciones profesionales, hasta el punto de que la gente empezaba a sentir lástima de esos chicos del montón y a preocuparse de que pudieran sentirse heridos. Pero si ponías la mirada un poco más lejos, veías que las ambiciones de las chicas no llevaban a ninguna parte, como tantas carreteras de ese país, que empiezan siendo nuevas, amplias y lisas, y terminan simplemente en medio de la nada, porque el gobierno se ha quedado sin dinero para terminar de construirlas.

Volvió a callarse y a mirar al director, que movió el pulgar hacia abajo y le indicó que siguiera hablando. Se pasó con cuidado un mechón de pelo rubio y liso por detrás de la oreja, y juntó las manos encima de las rodillas.

Fue más o menos en esa época, continuó, cuando empecé a descubrir el mundo de la literatura y el arte, y allí encontré buena parte de la información que necesitaba, la información que mi madre no se había molestado en darme, quizá con la esperanza de que supiera abrirme camino en la ignorancia a través de ese campo de minas y saliera indemne, y también con el temor de que si me alertaba de los peligros pudiera asustarme y dar un mal paso. Me esforcé mucho y conseguí los mejores resultados, pero por más que me esforzaba siempre había un chico a mi lado, al mismo nivel que yo, aunque menos agobiado y con pinta de saber tomarse las cosas con calma; y entonces empecé a cultivar el arte del desenfado y a dar siempre la impresión de estar menos preparada de lo que estaba, hasta que un día descubrí que la impresión se convertía en realidad, y que había conseguido mucho más dejando algunas cosas al azar y haciendo un acto de fe, como el que dan los niños cuando les quitan los ruedines de la bicicleta y se ven por primera vez pedaleando sin ayuda. También me gustaban las atenciones de los hombres, aunque al mismo tiempo me aseguraba de no comprometerme con ninguno ni pedirle compromiso a cambio, porque vi que eso era una trampa y que podía seguir disfrutando de todas las ventajas de una relación sin quedarme atrapada en ella. En cierto momento se me ocurrió que incluso podía tener un hijo sin necesidad de comprometerme de la manera habitual. Pero en realidad no quería un hijo, aunque mis amigas empezaban a tener hijos y apenas sabían hablar de otra cosa, porque creía que había demasiados niños y que si era capaz de pasarme sin ellos al menos debería intentarlo. No me parecía suficiente limitarme a pasar el testigo a la siguiente corredora, con la esperanza de que ella ganase la carrera por mí.

Mi trabajo, dijo, mirándome fijamente con los ojos azules, claros y almendrados, es superficial en muchos sentidos, porque consiste en que me miren, y una de las razones por las que me lo dieron fue por mi capacidad de manipular mi aspecto. A mi compañero del programa no le piden que parezca atractivo, pero ese ejemplo de desigualdad a mí no me interesa en absoluto. Lo que me interesa es el poder, y el poder de la belleza es un arma muy útil, a pesar de que las mujeres lo desprecien o lo utilicen mal con demasiada frecuencia. Tengo una formación más amplia en artes visuales que en literatura, porque es ahí donde se deciden esas políticas y donde se libran principalmente las batallas de la vida, y también donde la naturaleza de la superioridad femenina resulta más visible. Cuando iba a la universidad, durante una temporada posé como modelo de los estudiantes de arte, en parte para ganar dinero y en parte para sacar a la luz el asunto del cuerpo femenino, porque siempre me parecía que incluso cuando estaba vestida seguía invitando a que el misterio arraigara debajo de mi ropa y a que tejiera la trama de la sumisión en la que más adelante me vi atrapada. Yo estudiaba Historia del Arte, e hice mi tesis sobre la obra de la artista británica Joan Eardley, porque me parecía un ejemplo de la tragedia de la autoridad femenina, aunque de un modo muy distinto al de

Louise Bourgeois, incluso al de la poeta Sylvia Plath, que
sigue siendo una advertencia para todas en cuanto al
precio que pagamos por cumplir nuestro destino biológico. Joan Eardley se recluyó en una isla diminuta de la
costa de Escocia y allí se dedicó a estudiar la brutalidad
de la naturaleza, los acantilados, los mares y los cielos
tempestuosos, siempre como al borde de un estallido de
violencia o de turbulencia indescriptible, como si quisiera localizar el fin del mundo. También pasó una temporada en la ciudad de Glasgow, dibujando y pintando a
los niños de la calle, y era incapaz de observar su pobreza y su deprimente alegría sin emocionarse: los dibujaba
obsesivamente, y al parecer también se involucró en sus
vidas, igual que Degas frecuentaba el mundo de sus bai-
larinas, con la diferencia de que Joan Eardley no era un
hombre y su visión resulta más inquietante y extraña que
legítima y familiar. En sus visitas a los barrios humildes
de Glasgow, pintó también a algunos hombres, a personas con las que se encontraba en la calle o en las casas
de huéspedes, y una vez más trató estos temas como los
han tratado algunos de los artistas varones más famosos.
Hay un cuadro de Eardley en el que aparece un hombre
desnudo, en una cama: está de costado, con el cuerpo
gris, huesudo y desnutrido completamente visible, en
una habitación igual de gris y en una cama estrecha e
incómoda como un féretro. Este cuadro no se parece en
nada a las obras de otras mujeres que yo haya visto, y
en parte por lo grande que es parece ofrecer la visión
más lúgubre posible de la vida, tanto que casi logra refu-
tar toda la tradición histórica de los hombres que pintan
a las mujeres en poses similares. El patetismo de ese
cuerpo dormido, su absoluta falta de esperanza o posi-

bilidad, produce un impacto brutal, y lo cierto es que la obra escandalizó en su época por el parecido del modelo con las víctimas de los campos de concentración, que años antes se habían convertido en imágenes familiares para todo el mundo. Pero a pesar del escándalo —que tuvo la curiosa consecuencia de que varios hombres se presentaran en la puerta de Eardley para ofrecerse a posar desnudos—, su obra sigue sin ser reconocida, y su vida, que hasta dónde he podido averiguar transcurrió sin sexo, sin hijos y en soledad, terminó a los cuarenta y dos años, después de una enfermedad angustiosa. Fue una vida sin ilusión, y yo creo que para una mujer es imposible vivir sin ilusión, porque el mundo sencillamente acabará aplastándola.

En mi caso, añadió, he tenido que luchar mucho para ocupar una posición que tal vez me permita corregir alguno de esos errores, y en cierto modo puedo establecer los términos del debate, promocionando el trabajo de mujeres a las que encuentro interesantes. Pero pienso cada vez más que esta posición es como estar en una roca en medio del océano, una roca que mengua por momentos a medida que sube la marea. Como nunca ha habido un territorio señalado, no me es posible dar un paso con la seguridad de seguir pisando tierra firme. Probablemente siga siendo cierto que para que una mujer tenga un territorio se vea obligada a vivir como la araña de Bourgeois, a menos que esté dispuesta a acampar en territorio masculino y acatar sus normas. De momento sigue habiendo únicamente dos papeles, que son el de la modelo y el del artista, y la alternativa —dijo, mientras los técnicos que se movían en la oscuridad empezaban a hacerse señas con la cabeza y el director levantaba las manos con desesperación— es refugiarse en alguna creencia o alguna filosofía para desaparecer. Ladeó la cabeza para escuchar lo que decía el director y me miró luego, levantando con desdén las cejas elegantes y finas.

—Parece mentira —dijo— que tantos hombres juntos no sean capaces de resolver el problema, pero dicen que tienen que llevarse el equipo al estudio para repararlo. Es muy decepcionante—añadió, levantándose de la butaca mientras se desenganchaba el cordón del micrófono de la blusa— y, teniendo en cuenta el tema de nuestra conversación, más que irónico.

La tercera entrevista, me dijo la ayudante de mi editora cuando volvíamos al vestíbulo, sería la última, y confiaba en que tuviera más éxito que las otras dos. Creía que Paola había reservado mesa para comer en un restaurante, y esperaba que tuviera la oportunidad de relajarme antes de volver al festival. Salimos al vestíbulo, donde Paola seguía en el mismo taburete, hablando por teléfono. Puso los ojos en blanco mientras su ayudante me llevaba al sofá donde habíamos hecho la primera entrevista y donde ya esperaba un hombre, aunque lo cierto es que cuando nos acercamos vi que era poco más que un muchacho. Estaba sentado en el borde del asiento, con una camiseta blanca, una gorra de béisbol entre los dedos y una expresión de inocencia levemente angustiada, como la de un santo en una pintura religiosa. Se levantó de un salto para darme la mano y esperó cortésmente a que me sentara antes de volver a su sitio. Unos rizos castaños enmarcaban sus rasgos cándidos, casi femeninos, y me miraba fijamente, serio como un niño, con los ojos de un tono más oscuro que el pelo.

—Estaba pensando —dijo por fin—, si alguna vez se ha imaginado cómo sería vivir al sol. He tomado la idea de su libro —añadió—. Uno de los personajes dice que se ha pasado la vida soportando la lluvia y el frío, y que vivir al sol le ha cambiado el carácter. Y se me ha ocurrido que quizá a usted le pasara lo mismo.

Le contesté que probablemente no valía la pena pensar en eso, porque no tenía planes de vivir en un sitio de sol.

—¿Por qué no? —preguntó.

Nos miramos.

—Lo he estado pensando —dijo—, y creo que le sentaría muy bien.

Le pregunté dónde me recomendaba vivir.

—Aquí —dijo con sencillez—. Sería usted muy feliz. Nadie la molestaría. La tratarían con mucha amabilidad. Ni siquiera tendría que aprender el idioma, porque aquí todo el mundo habla inglés y acepta que las cosas son así. La cuidaríamos, y todo sería más fácil. No tendría que sufrir más. Podría encontrar una casita en la costa, al lado del mar. No pasaría frío y se pondría morena. Lo he estado pensando —repitió— y no veo ningún inconveniente.

A lo lejos, en la penumbra del vestíbulo, había gente sentada, de pie o yendo a alguna parte, visible pero a una distancia inalcanzable, como sumergida en el agua. Se oía un continuo murmullo de voces, del que era imposible distinguir una sola palabra. A veces, un grupo se marchaba y otro lo sustituía, y cuando entraba alguien y cruzaba las puertas de cristal ahumado con sus maletas, se veía un momento la asombrosa realidad de la calle sofocante, estática e inundada de luz.

Dije que no estaba segura de que tuviera importancia dónde o cómo vivía la gente, porque cada individuo creaba sus propias circunstancias: era una presunción peligrosa, añadí, reescribir el destino personal con un cambio de escenario; cuando eso ocurría en contra de la propia voluntad, la pérdida del mundo conocido —fuera el que fuera— tenía consecuencias catastróficas para las personas. Mi hijo me había confesado una vez que cuando era más joven se moría de ganas de tener otra familia, una como la de un amigo con el que pasaba mucho tiempo en cierta época de su vida. Esta familia era grande, alegre y de trato fácil, y siempre había un sitio para él en su mesa, donde se servían comidas espléndidas y se hablaba de todo sin criticar, sin peligro de atravesar el espejo, así lo dijo él, y entrar en ese estado de dolorosa conciencia en el que las ficciones humanas pierden toda su credibilidad.

Él tenía la sensación de que ese era el estado al que se había visto forzada nuestra vida familiar, y durante algún tiempo había hecho todo lo posible por aferrarse a esas ficciones; se empeñaba en seguir antiguas rutinas y antiguas tradiciones, aunque lo que representaban hubiese dejado de existir. Al final, se dio por vencido y empezó a pasar todo el tiempo con esa otra familia; se negaba a comer en casa, porque, según reconoció más tarde, el mero hecho de sentarse a la mesa le llenaba de tristeza y de rabia por lo que había perdido. Pero más adelante llegó un momento en que mi hijo ya no estaba siempre en casa de esa otra familia, y al ver que los padres de su amigo empezaban a preguntar por él y lo invitaban a participar en celebraciones familiares, le preocupó haberlos ofendido o molestado por ir allí con menos frecuencia.

La verdad es que ya no quería, porque las mismas cosas que uno o dos años antes le parecían tan cálidas y acogedoras de pronto le resultaban agobiantes e incómodas: se dio cuenta de que aquellas comidas eran el yugo con el que los padres de su amigo intentaban atar a sus hijos a ellos para perpetuar, tal como él lo veía, el mito familiar; hasta el último movimiento de su amigo estaba sometido al escrutinio parental, y todas sus decisiones y actitudes eran objeto de juicio, y era este último elemento —el juicio— lo que más le repelía a mi hijo y lo que lo empujó a apartarse de esa casa, no fuera a ser que quisieran juzgarlo también a él. Empezó a ver, en las invitaciones que le hacían, que la historia de su presencia en la vida de esta familia no había sido tan unilateral como él pensaba: en su necesidad de aceptar el consuelo que le ofrecían, no había visto que ellos también lo necesitaban, como testigo, incluso como prueba, de su felicidad familiar. Hasta se preguntó con amargura si disfrutaban con el espectáculo de su sufrimiento, porque eso les confirmaba la superioridad de su modo de vida; pero al final se apartó de ese juicio tan severo y volvió a aceptar sus invitaciones, no siempre, aunque sí con la frecuencia suficiente para no ser grosero. Se dio cuenta de que, al aceptar su consuelo, había contraído una responsabilidad con ellos, y esta revelación le hizo reflexionar sobre la verdadera naturaleza de la libertad. Comprendió que había entregado una parte de su libertad, por sus ganas de evitar o aliviar su sufrimiento, y aunque el intercambio no parecía del todo injusto, tuve la sensación de que no estaba dispuesto a volver a hacer lo mismo tan fácilmente.

El periodista escuchó todo esto con la misma expresión de inocencia paciente.

—Pero ¿por qué es tan malo depender de los demás?
—preguntó—. No todo el mundo es cruel. A lo mejor
usted solo ha tenido mala suerte.

Mi hijo decía mucho una palabra, contesté, que era
difícil de traducir, aunque podía resumirse como un sentimiento de nostalgia, incluso cuando estás en tu propia
casa, una tristeza sin motivo. Este sentimiento, le dije,
quizá era el mismo que había empujado a sus compatriotas a recorrer el mundo en busca del hogar que les
ofrecería su remedio. Podía darse el caso de que encontrar el hogar significara el fin de la búsqueda, aunque es
la sensación de desplazamiento en sí misma lo que permite desarrollar una intimidad verdadera y lo que cons-
tituye el relato, por así decir. No sé qué tipo de dolencia
puede ser, dije, pero su naturaleza es la de la brújula, y
el propietario de una brújula deposita toda su fe en ella
y va allí dónde ella le dice, aunque las apariencias le
digan lo contrario. Para esa persona es imposible alcanzar la serenidad, y podría pasarse toda la vida asombra-
da al observar la misma tendencia en otros, o sin ser
capaz de comprenderla, y quizá a lo máximo que pueda
aspirar sea a ofrecer una buena imitación de la serenidad, como los adictos que aceptan que nunca se verán
liberados de sus impulsos, pero pueden convivir con
ellos sin dejarse arrastrar. Lo que una persona así no
tolera es la insinuación de que sus experiencias no sur-
gen de condiciones universales, sino que son achacables
a circunstancias particulares o excepcionales, y que lo
que ella consideraba verdad al final no es más que pura
suerte personal; y tampoco el adicto debería creer que
puede recuperar la inocencia de esas cosas de las que ya
tiene un conocimiento fatídico.

—¿Dónde está su hijo ahora? —preguntó el periodista.

Le conté que había decidido irse a vivir una temporada con su padre, y, aunque no podía decir que yo fuera feliz sin él, esperaba que encontrase lo que estaba buscando.

—Pero ¿por qué dejó que se fuera?

Si había dado libertad a mis hijos, contesté, no era para empezar a dictar condiciones.

Asintió con tristeza.

—De todos modos —dijo—, llegado cierto punto uno también es libre de elegir si quiere vivir con lluvia o con sol. La cuidaríamos bien —repitió—. No tendría obligación de ver a nadie si no quisiera. Aunque aquí la gente la apreciaría. Sigo pensando que ha tenido usted mala suerte, y que si hubiera vivido en este país su experiencia habría sido distinta. Ese personaje de su novela se da cuenta de que la humedad que ha llevado dentro toda la vida está empezando a secarse, y que esa puede ser la oportunidad de vivir por segunda vez. Pero no puede, porque tiene familia en su país y sus hijos todavía son jóvenes. Además, cree que su identidad nacional es la parte de su personalidad que lo ha conducido al éxito. Sin ella sería igual que los demás y tendría que competir con ellos en los mismos términos, y en el fondo sabe que no tiene el talento necesario para ganar. Pero usted no es de ninguna parte, y por eso es libre de ir adonde quiera.

La ayudante de mi editora se había acercado tímidamente a decirme que era hora de terminar la entrevista, para que Paola y yo nos fuéramos al restaurante. Me preguntó también si sería mucha molestia dedicarles dos ejemplares a sus hijos, como ya me había dicho. Sacó los libros de una bolsa de supermercado, puso un bolígrafo encima con cuidado y me los dio. Firmé mientras me deletreaba los nombres de sus hijos. El tercer periodista se puso en pie para marcharse cuando Paola, que seguía en el taburete hablando por teléfono, señaló el teléfono y levantó un dedo. Poco después se lo guardó en el bolso, saltó del asiento y vino a reunirse con nosotras. Su ayudante le dio el parte de cómo había transcurrido la mañana, y Paola, mientras la escuchaba, volvió a sacar el móvil del bolso y tecleó rápidamente en la pantalla. Luego miró el reloj y se volvió a mí. Dijo que había reservado mesa en un restaurante de la zona vieja de la ciudad: mi traductora, Felícia, nos esperaba allí. Si prefería podíamos coger un taxi, pero si no me molestaba el calor podíamos ir dando un paseo, porque aún había tiempo de sobra.

—Estaría bien dar un paseo, ¿no? —dijo, con los ojillos redondos brillantes de expectación.

Me impresionó la bofetada de calor al salir de la penumbra y el frescor sepulcral del vestíbulo. Un polvo pálido velaba el aire seco y resplandeciente bajo el intenso azul del cielo. No había nadie en la calle, aparte de un grupo de oficinistas que habían salido a fumar y estaban charlando en la sombra rectangular del edificio de la acera de enfrente. Vi un par de gatos tendidos de costado en la oscuridad, debajo de los coches aparcados. Se oía el ruido de fondo del tráfico a lo lejos, y el zumbido continuo de las máquinas de algún edificio en obras en los alrededores. Echamos a andar por la acera, y me sorprendió lo deprisa que se movía Paola, a pesar de su estatura diminuta y de las finas sandalias doradas que llevaba. Tenía más de cincuenta años, pero su expresión traviesa y sus ojos brillantes parecían casi infantiles. Llevaba una túnica de un tejido ligero y fluido que facilitaba los movimientos de su cuerpo menudo, vigoroso y sólido, y andaba balanceando los brazos, con la melena castaña y suave ondeando al viento.

—Me gusta mucho andar —dijo—. Voy andando a todas partes. Me encanta ver a la gente atrapada en los coches mientras yo soy libre. —La capital, como seguramente sabía yo, era famosa por sus cuestas—. Siempre estoy subiendo o bajando. Nunca en el término medio.

Antes tenía coche, pero lo usaba tan poco que se olvidaba de dónde lo había aparcado. Y un día que lo necesitaba, vio que alguien se había estrellado contra él.

—Puede que sea la única persona que haya visto su coche declarado siniestro total sin moverlo del aparcamiento. Estaba destrozado, así que lo dejé allí y me fui andando.

Aunque pudiera parecerme que el barrio de las afueras donde me alojaba estaba muy lejos de allí, dijo, en realidad estaba a poco más de media hora andando, si conocías el camino: si daba la sensación de estar mucho más lejos era por las peculiaridades del trazado de las calles y por la falta de transporte público. Pero en ese sitio la gente se sentía muy aislada, y a lo largo de los años había oído contar montones de historias del festival, algunas muy divertidas, de autores que se fugaban o intentaban escapar.

—En realidad —dijo—, estaban muy cerca de la civilización.

El calor de la ciudad incapacitaba a mucha gente, añadió, incluso a los que llevaban allí toda la vida, pero ella había aprendido el arte de conservar la energía, en lugar de consumirla combatiendo contra fuerzas sobre las que no tenía ningún control. Cuando su hijo era pequeño, por ejemplo, ella se levantaba muy temprano, y él siempre la encontraba en la cocina, preparando el desayuno, vestida y lista para empezar el día: lo llevaba a la guardería, hacían el camino charlando alegremente, y después de dejarlo volvía inmediatamente a casa, se desnudaba y se metía otra vez en la cama, a dormir. Compensaba sus prodigiosas caminatas con periodos en los que podía pasarse literalmente varias horas seguidas completamente inmóvil, como un reptil que ni siquiera parpadea para no desperdiciar su energía. Llevaba treinta y cinco años viviendo en la ciudad, dijo, en respuesta a mi pregunta, y se había criado en una zona remota del norte del país.

—Allí todo es agua. El cielo siempre está nublado y los ríos bajan muy crecidos, y en todas partes se oyen gotas, hilillos y chorros de agua. Terminas casi hipnotizada.

Había vuelto a pasar unas semanas en casa recientemente, porque su madre estaba enferma.

—Me resultó rarísimo verme otra vez en ese ambiente acuático —dijo—, con el ruido de la lluvia y los torrentes que surcaban el monte hasta el mar, la hierba húmeda en todas partes y los goterones que caían de los árboles. Poco a poco empecé a recordar cosas que había olvidado por completo, hasta el punto de que me dio por pensar que toda mi vida adulta había sido un sueño. Casi tenía la sensación de que me estaba esfumando, como si aquel ambiente pudiera atraparme de nuevo. Un día que estaba sentada a la orilla del río, leyendo, como cuando era una niña de doce o trece años, de pronto me pareció que todo lo que había hecho desde entonces era absolutamente cuestionable, a la vista de que solo había servido para llevarme exactamente al mismo sitio.

Luego, cuando volvió a la ciudad, estuvo varias semanas en un estado cercano al éxtasis, y recorrió las calles hasta el último rincón, sin saciarse de la sensación tan familiar que le producía la tibieza de la piedra en las plantas de los pies.

—Como un matrimonio en segunda luna de miel —dijo—. Solo que a diferencia del mío, este ha durado. Además, ha sido mejor para mi salud.

Por fortuna, su exmarido pasaba muy poco tiempo en la ciudad. Era regatista y casi siempre estaba navegando.

—Yo lo llamo el Bucanero —dijo—. Cuando viene a la ciudad a buscarme, me aseguro de que no me encuentre fácilmente.

Tenía un hijo de catorce años. Se había separado de su marido antes de que el niño naciera.

—La verdad es que él ni siquiera llegó a enterarse de que estaba embarazada —dijo—. Se lo oculté mientras pude, porque sabía que si se lo contaba no me libraría de él. Y cuando se enteró tuve que esconderme de verdad, porque estoy segura de que habría intentado matarme. Reconozco que fue egoísta de mi parte quedarme embarazada como lo hice, intencionadamente, pero tenía cuarenta años y era mi última oportunidad.

Había sido difícil para su hijo llegar a ver a su padre con cierta perspectiva, porque sus largas ausencias eran tan inquietantes como sus dramáticas apariciones. Llevaba una vida glamurosa y brutal al mismo tiempo, mientras que la existencia de Paola se limitaba por necesidad a las trivialidades de la rutina doméstica. El padre de su hijo tenía muchas novias, todas muy jóvenes y muy guapas, mientras que ella se estaba haciendo mayor y ya casi no se veía como una mujer.

—Ya no me interesa tener un hombre a mi lado —dijo—. Mi cuerpo me pide intimidad. Le gusta esconderse debajo de esta túnica holgada, como si estuviera desfigurado por las cicatrices. Mi cuerpo por fin ha desterrado la creencia en el amor romántico que he tenido toda la vida, porque incluso a los cincuenta seguía esperando en cierto modo encontrar un compañero de verdad, como el héroe de una novela que no ha podido aparecer primero, y hay que salir a buscarlo antes de que termine la historia. Pero mi cuerpo es sabio y exige que lo dejen en paz.

Hasta entonces habíamos ido cuesta abajo por callejones estrechos, pero en ese momento estábamos pasando por calles más anchas, bordeadas de árboles, y desde las esquinas se vislumbraban de vez en cuando agradables plazuelas con iglesias y fuentes. Era una parte muy antigua de la ciudad, dijo Paola, y hasta hacía solo diez años se estaba consumiendo de miseria y abandono, pero habían invertido dinero, y la zona se había vuelto desde entonces muy concurrida, con comercios y restaurantes; incluso algunas empresas habían trasladado su sede allí. Las tiendas eran las mismas que se veían en el centro de las ciudades de todo el mundo, y los bares y los cafés se habían convertido en versiones turísticas, como en todas partes; por eso la regeneración del barrio empezaba a parecerse un poco a la máscara de la muerte. Europa se está muriendo, dijo, y como cada parte que muere se sustituye por una nueva, cada vez resulta más difícil distinguir lo falso de lo real, incluso es posible que cuando por fin nos demos cuenta todo haya desaparecido.

Miró el reloj y dijo que aún faltaba un rato para la
hora en que nos esperaban en el restaurante; si yo no
tenía inconveniente, había un sitio que no estaba lejos y
creía que podía interesarme. Apretamos el paso más aún:
el pelo largo y fino de Paola flotaba en su espalda y su
túnica plateada aleteaba y se arremolinaba con la intensidad del movimiento.

—Lo que vamos a ver es un poco extraño —dijo—. Lo
descubrí por casualidad hace unos años. Pasaba por
delante cuando se me rompió una cinta de la sandalia,
y para arreglarla tenía que sentarme. Vi que esta iglesia
estaba abierta, entré sin pensarlo y me quedé impresio-
nada.

La iglesia, continuó, había quedado arrasada una
noche por un incendio tremendo, de tal magnitud que
hasta levantó las piedras y fundió el plomo de las vidrieras, y dos bomberos perdieron la vida mientras intentaban sofocar las llamas. Pero en lugar de restaurar el
edificio, decidieron reparar simplemente la estructura, y
seguía usándose como lugar de culto, a pesar de su
aspecto estremecedor y de los violentos sucesos de los
que dicho aspecto daba fe.

—Por dentro está completamente negra —dijo—, con
las paredes y el techo combados como el interior de una
cueva por la acumulación sucesiva de las capas de piedra; y, aunque el fuego devoró todas las pinturas y las
estatuas, ha dejado en todas partes una pátina en la que
parecen adivinarse imágenes fantasmagóricas. Hay un
montón de figuras extrañas, deformadas como la cera
derretida, y zonas en las que el calor ha perforado la
piedra hasta partirla en dos; hay pedestales vacíos y hor-
nacinas en las que faltan cosas, y en general está todo

tan afectado que ya casi no parece obra del hombre, como si el trauma del fuego lo hubiera transformado en una forma natural. No sé por qué, pero me emociona profundamente. El hecho de que le hayan permitido conservar su estado auténtico, mientras todo lo que hay alrededor lo han limpiado y sustituido, tiene un significado que no soy del todo capaz de entender o expresar. Pero la gente sigue yendo a la iglesia como si todo fuera normal. Al principio pensé que alguien había cometido un error descomunal al dejarla así, como si creyera que nadie se daría cuenta de lo que había pasado, pero cuando vi a la gente oyendo misa o rezando, pensé que efectivamente era posible que no lo notaran. Me pareció tan cruel que me entraron ganas de ponerme a gritar y obligarlos a mirar el vacío y las paredes negras. Luego me fijé en que en algunas partes, donde se notaba que antes estaban las estatuas, habían instalado focos para iluminar los huecos vacíos. Las luces producían el curioso efecto de revelar en el hueco más de lo que habría sido posible ver si allí hubiera habido una estatua. Y entonces comprendí que aquel espectáculo no era una negligencia ni un malentendido monstruoso, sino la obra de un artista.

Nos habíamos parado en un semáforo, en un cruce muy transitado, y estábamos esperando para cruzar la calle. No había sombra, el latido del tráfico reverberaba en el aire y el sol nos daba de lleno en la cabeza en mitad del ruido. Al otro lado de la calle se veía una avenida de árboles grandes como nubes violetas, y en la penumbra de aquella especie de arboleda se vislumbraban las siluetas de la gente, paseando o sentada en los bancos, entre los troncos oscuros y debajo de la densa trama del follaje, en un juego de luces y sombras profundas que se volvía cada vez más complicado cuanto más lo observaba. Vi a una mujer parada, mirando a lo lejos con aire distraído, y a un niño agachado a su lado para examinar algo que había a sus pies. Vi a un hombre en un banco, cruzado de piernas, pasando la página del periódico. Una camarera le llevó una bebida a alguien sentado a una mesa, y un niño dio una patada a una pelota que se perdió en las sombras. Los pájaros picoteaban el suelo, ajenos a todo. La distancia entre aquel espacio semejante a un silencioso claro del bosque y la calle atronadora en la que estábamos me pareció por un momento tan absoluta que se me hizo casi insoportable, como si fuera la representación de un desorden tan fundamental y tan insuperable que cualquier intento de corregirlo resultaría sencillamente inútil. Por fin cambiaron las luces del semáforo y pudimos cruzar la calle. El sudor me chorreaba por la espalda, y empezaba a notar en el pecho unos latidos que parecían una extensión del latido del sol, como si me hubiera devorado.

Cuando llegamos a la iglesia que me había descrito Paola, resultó que estaba cerrada. Paola se puso a dar vueltas por delante de la puerta, como si esperara que de pronto apareciese otra manera de entrar.

—Es una lástima. Quería que la vieras. Me lo había imaginado —dijo, muy alicaída.

La plaza en la que estábamos era pequeña como un pozo, y el sol le daba de plano, de manera que apenas había una franja de sombra alrededor de los muros desmoronados. Me apoyé en una pared y cerré los ojos.

—¿Estás bien? —le oí decir a Paola.

En comparación con el calor y la luz de la calle, el restaurante estaba tan oscuro como si fuera medianoche. Vi a una mujer sentada en el rincón más alejado de la puerta, debajo de una reproducción de *Salomé con la cabeza de San Juan Bautista*, de Artemisia Gentileschi. Había dejado un casco de ciclista encima de la mesa.

—Llegamos muy tarde —dijo Paola, y Felícia se encogió de hombros y dibujó con la boca grande una mueca que era mitad sonrisa mitad gesto de mala cara.

—No tiene importancia —contestó.

Nos sentamos, y Paola se lanzó a explicar el rodeo que habíamos dado y nuestro plan fallido, mientras Felícia la escuchaba pacientemente y con el ceño fruncido.

—Creo que no conozco esa iglesia —dijo.

Paola contestó que estaba justo a los pies de la cuesta, a menos de medio kilómetro de allí.

—Pero habéis venido en taxi —señaló Felícia con recelo.

Eso, le contestó Paola, había sido por el calor.

—¿Tiene calor? —me preguntó Felícia, sorprendida, por lo visto—. Ahora mismo no hace tanto calor —añadió—. Esta época del año puede ser mucho peor.

—Pero si no estás acostumbrada te afecta más —dijo Paola.

—Puede ser —respondió Felícia.

—Marea un poco —insistió Paola—. Como el vino. Me apetece beber vino —dijo, mientras cogía la carta—. Me apetece perder el control.

Felícia asintió despacio.

—Buena idea —contestó.

Era una mujer alta y sobria, con una cara alargada y pálida que en la luz tenue del restaurante parecía esculpida con sombras oscuras.

—Vamos a... ¿Cómo se dice en inglés? —preguntó Paola—. Vamos a desabrocharnos el cuello de la camisa.

—Aflojar —corrigió Felícia—. Vamos a aflojarnos el cuello de la camisa.

—Felícia lleva el cuello muy apretado —dijo Paola. Y la traductora la miró con ese gesto extraño entre la sonrisa y la mala cara.

—No es para tanto —dijo.

—Muy apretado —insistió Paola—, aunque no tanto como para ahogarse. Te necesitan viva, ¿verdad? Así eres más útil.

—Es cierto —dijo Felícia, retirando de la mesa el casco de ciclista para que el camarero pudiera poner el vino.

—¿Qué es eso? —preguntó Paola—. ¿Ahora vas en bici?

—Voy en bici.

—¿Qué le ha pasado a tu coche?

—Stefano se quedó con el coche. En realidad es suyo —contestó Felícia, encogiéndose de hombros.

—Pero ¿cómo te arreglas sin coche? Con lo lejos que vives es imposible.

Felícia se quedó pensativa.

—No es imposible —contestó después—. Solo tengo que levantarme una hora antes.

Paola negó con la cabeza y maldijo en voz baja.

—Lo que me ofendió —añadió Felícia— fue la razón que me dio para llevárselo. Dijo que ya no podía confiarme el coche.

—¿Confiártelo?

—Hemos acordado que quien cuide de Alessandra se queda con el coche. Los fines de semana que pasa con Stefano, el coche se va con ella. Pero como Alessandra está la mayor parte del tiempo conmigo, el coche se queda aparcado en la puerta de mi casa. Y, si le pasa algo, Stefano pretende que yo me haga cargo. Hace dos semanas tuve que cambiarle las cuatro ruedas, y eso me costó la mitad del sueldo.

—O sea, lo que a él le conviene —dijo Paola.

—Después de cambiar las ruedas, recibí una carta del abogado de Stefano —continuó Felícia—. Me decía que mi salario no era suficiente para tener un coche y cubrir sus gastos de mantenimiento. No me había fijado en que el coche no estaba. Estaba preparando a Alessandra para ir al colegio y se nos hacía tarde. Pero cuando terminé de leer la carta, me asomé a la ventana y vi que el coche había desaparecido. Stefano tiene otra llave, así que me imaginé que debía habérselo llevado por la noche, mientras estábamos durmiendo. Ese día tenía una agenda muy complicada y me hacía mucha falta el coche. Me molestó mucho que no me avisara. Pero también me di cuenta de que el coche me daba seguridad y legitimidad, porque, aunque fuera caro mantenerlo, el hecho de haberlo compartido con Stefano me hacía sentirme protegida. Hasta ese momento, cuando miré por la ventana y vi el aparcamiento vacío, me había estado aferrando a una ilusión, y eso que una hora antes habría jurado que ya no me quedaban ilusiones. Pero seguía engañándome, porque cogí el teléfono y llamé a Stefano, pensando que podía tratarse de un error. Stefano me habló muy tranquilo, como a una niña desobediente a la que tuviera que explicarle por qué merecía un castigo. Y cuando me eché a llorar se puso todavía más tranquilo y dijo que era muy triste que yo misma me causara esos disgustos por mi falta de control.

—Pero eso es un disparate —protestó Paola—. Tu abogada puede argumentar que necesitas el coche, porque eres tú quien se ocupa de la niña.

Felícia asintió despacio.

—Yo también lo pensé —dijo—. La llamé, a pesar de que las conversaciones con ella me salen muy caras, y me dijo que legalmente solo contaba a nombre de quién estaba la documentación del coche. Según ella no podíamos esgrimir ningún argumento moral, pero a mí me pareció tan increíble que terminamos hablando mucho más tiempo de lo previsto, y por tanto engordando la factura. A estas alturas ya debería saber que Stefano no hace nada pensando en si está bien o mal, que solo actúa de acuerdo con lo que la ley le permite. Se ha dado cuenta de que puede utilizarla como arma, mientras que yo siempre la interpreto en relación con la justicia, y eso no me lleva a ninguna parte.

—Es una desgracia para ti que Stefano sea tan inteligente —dijo Paola, y Felícia sonrió.

—La verdad es que me aseguré de elegir a un hombre inteligente —contestó.

—El Bucanero utilizaba la ley como esas bolas enormes para demoler un edificio —dijo Paola—. Era un método torpe que lo embarraba todo y al final no dejaba nada en pie. Pero si algún día llegara a legalizarse el asesinato —dijo—, creo que en menos de un minuto oiría un golpe en la puerta, y sería él, porque, aunque siempre le ha gustado infringir la ley en cosas sin importancia que no le creen problemas, nunca le ha hecho gracia la idea de entrar en prisión por mí, ni siquiera por el placer de asesinarme.

Felícia se reclinó en la silla, con la copa de vino en el

regazo y su sonrisa melancólica apenas visible entre las sombras.

—Qué agradable es el vino —dijo—. Me adormece.

—Estás cansada —contestó Paola. Y Felícia asintió y entrecerró los ojos, sin dejar de sonreír.

—Esta mañana —dijo despacio—, me he levantado a las seis. A las siete he dejado a Alessandra en el colegio y me he ido en bici a la universidad, para dar una clase de traducción a las ocho. Desde allí he vuelto en bici para coger el tren hasta las afueras, donde doy clases de inglés y francés. El problema ha sido que una de las otras profesoras ha faltado, así que me he encontrado con el doble de alumnos y, como estaba programado un examen para hoy, con el doble número de exámenes para llevarme a casa y corregir. No veía cómo llevar los exámenes en la bici. Y estoy muy orgullosa de la solución que se me ha ocurrido, que ha sido atarlos al sillín y volver a casa pedaleando de pie. Luego he cogido el tren para venir a la ciudad, porque me habían pedido que diera una charla en la biblioteca sobre la catalogación de traducciones. Alessandra no se encontraba bien esta mañana, y me temía que pudieran llamarme del colegio en cualquier momento para que fuera a buscarla, en cuyo caso no habría sabido qué hacer, porque tenía la agenda a tope, pero por suerte no han llamado.

»Sin embargo, sí he recibido otra llamada —siguió diciendo, inclinando la silla hacia atrás para apoyar la cabeza en la pared—. Era mi madre, para decirme que estaba harta de tener en casa unas cajas y unos muebles pequeños que le pedí que me guardara, y que si no iba a recogerlos hoy mismo los dejaría en la calle. Le recordé —dijo, con ese gesto extraño, entre sonrisa y mueca—

que estoy viviendo en el apartamento de una amiga y no tengo dónde meter esas cosas, y además ahora tampoco tengo coche para llevármelas, mientras que ella tiene un desván grande donde puede guardarlas sin que molesten a nadie. Me contestó que se había hartado de tener mis cosas en el desván y volvió a decir que las dejaría en la calle si al final del día no había ido a recogerlas. No era culpa suya que yo me hubiera complicado tanto la vida y ni siquiera tuviera una casa decente. Tú has vivido en una casa bonita, me dijo, y ahora pretendes que tu hija viva como una vagabunda. Mamá, le dije, tu caso es diferente, porque papá siempre se ha ocupado de todo y no has tenido que trabajar. Y me dijo que sí, y que pensara adónde me había llevado a mí tanta igualdad. Los hombres ya no te respetan, dijo. Te tratan como a la porquería que se pega a la suela del zapato. Tu prima Ángela nunca ha trabajado, y se ha divorciado dos veces. Y es más rica que la reina de Inglaterra, porque se ha quedado en casa, cuidando de sus hijos y tratándolos como su patrimonio. Pero tú no tienes ni casa ni dinero, ni siquiera un coche, y tu hija va por ahí como si fuera huérfana. Ni siquiera te acuerdas de cortarle el flequillo, y no ve por dónde anda. Mamá, le dije, a Stefano le gusta que tenga el pelo así, y se empeña en que no se lo corte, así que no puedo hacer nada. Y me contestó: No me puedo creer que haya traído al mundo a una mujer que permite que un hombre le diga lo que tiene que hacer con el pelo de su hija. Volvió a repetirme que no quería seguir teniendo mis cosas en casa y colgó el teléfono.

»Anoche —continuó—, vino a vernos una amiga mía, a la que Alessandra no conocía. Estábamos hablando de mi trabajo cuando mi hija nos interrumpió de pronto. Mamá siempre está hablando de su trabajo, le dijo a mi amiga, aunque en realidad eso no es un trabajo. Lo que ella hace es lo que otros llamarían una afición. ¿No te parece que es una broma, le dijo Alessandra a mi amiga, llamar trabajo a sentarse a leer un libro? Mi amiga le contestó que no, que no estaba de acuerdo, y que la traducción no solo era un trabajo, sino un arte. Alessandra la miró, me miró y dijo: Mamá, ¿quién es esta mujer que está en nuestra casa? No va muy bien vestida. La verdad es que parece una bruja. Mi amiga intentó reírse, aunque vi que le había molestado mucho que una niña le hablara así, más aún una niña de cinco años. Pero yo no podía explicarle, delante de Alessandra, que es así como Stefano se está vengando de mí, envenenando a mi hija y volviéndola tan arrogante como él. Recuerdo —dijo Felícia— que, al principio de la separación, Stefano se llevó a Alessandra a pasar un día con él y no la trajo a casa. Habíamos quedado en que estaría unas horas con ella, y la tuvo diez días secuestrada. No me cogía el teléfono ni respondía a mis mensajes. En esos diez días estuve a punto de volverme loca de dolor: creo que no fui capaz de dormir más de unos minutos seguidos, y no paraba de dar vueltas por la casa, como un animal enjaulado, esperando que todo terminara. Tardé en darme cuenta de que el dolor que soporté esos días no era el dolor de la responsabilidad. No era la consecuencia de mis desavenencias con Stefano, sino más bien el resultado de una crueldad calculada, no solo conmigo, también con la niña: el secuestro fue una demostración de fuerza y una manera de demostrar su poder sobre mí, de decirme que podía llevarse a Alessandra y traerla cuando le diera la gana. Si hubiera sido una pelea física también me habría ganado, y eso era lo que me estaba dejando claro quitándome a la niña a su antojo: que si creía que tenía algún poder, aunque solamente fuera el antiguo poder de la madre, estaba muy equivocada. Además, dejarlo no me había servido para encontrar la libertad: en realidad, lo que había conseguido era perder todos mis derechos, porque era él quien me los había concedido en primera instancia y de ese modo me había convertido en su esclava. Hay un pasaje en uno de sus libros —me dijo—, en el que describe a una mujer que está viviendo una situación similar, y lo traduje con mucho cuidado y mucha prudencia, como si fuera una cosa frágil y pudiera romperla o matarla por error, porque esas experiencias no son del todo reales, y su única prueba es la palabra de una persona contra la de otra. Era muy importante no malinterpretar ninguna palabra —dijo—. Y luego tuve la sensación de que, si usted había legitimado esa semirrealidad hablando de ella, yo la había legitimado al lograr trasladarla a otra lengua y garantizar su supervivencia.

—Todas sobrevivimos —dijo Paola, inclinando la copa vacía para mirarla por dentro—. Nuestros cuerpos sobreviven a lo que hacemos con ellos y eso es lo que más les fastidia de todo. Estos cuerpos siguen existiendo, envejecen, se vuelven feos y les dicen la verdad que no quieren oír. Pero el Bucanero me sigue persiguiendo después de tantos años, para asegurarse de que cada vez que doy la menor señal de vida él está ahí para aplastarme. El vino me está mareando —dijo, con una sonrisa maliciosa y torcida—, como cuando él me agarraba del pelo y me daba vueltas, solo que esto no duele. Eso es venganza, ¿no? Me hacía mucho daño cuando me tiraba del pelo. Es bueno hablar de estas cosas cuando la causa del mareo es el vino en vez de él, y ver su cabeza cortada en el plato, delante de mí. Lo que no entiendo —me dijo—, es por qué has vuelto a casarte, sabiendo lo que sabes. Lo has escrito, y eso equivale a aceptar todas las leyes.

Dije que esperaba sacar el mayor provecho de esas leyes conviviendo con ellas. Mi hijo mayor había copiado una vez el mismo cuadro que había en la pared del restaurante, pero suprimiendo todos los detalles, trazando solamente las formas y las relaciones espaciales entre unas y otras. Lo interesante, dije, era que sin esos detalles y sin la historia con la que estaban relacionados, el cuadro no era un estudio del asesinato, sino de la complejidad del amor.

Paola movió la cabeza despacio.

—No es posible —dijo—. Esas leyes son para los hombres, y puede que para los niños. Para las mujeres son una simple ilusión, como los castillos de arena que se hacen en la playa, que en el fondo solo son la manera que tiene el niño de demostrar su naturaleza, construyendo un edificio provisional mientras se convierte en hombre. Las mujeres son provisionales para la ley: se encuentran entre la permanencia de la tierra y la violencia del mar. Es mejor ser invisible. Es mejor vivir al margen de la ley. Como un... ¿cómo se dice en inglés?

—Como un proscrito —dijo Felícia, sonriendo entre las sombras.

—Como un proscrito —asintió Paola, satisfecha. Levantó la copa vacía y brindó con Felícia—. Yo he decidido vivir como una proscrita.

El taxista me explicó cómo llegar a la playa desde donde me había dejado en la carretera, gesticulando con los brazos para indicarme que tenía que andar hasta el final del paseo entarimado que se perdía de vista entre las dunas. El calor infernal de la tarde empezaba a mitigarse, y el cielo apagado tenía ahora un suave color herido. El muro bajo de cemento blanco que bordeaba la arena retenía los restos del resplandor del día contra una intensa franja de sombra cada vez más estrecha. El rumor del agua que llegaba desde el otro lado de las dunas me hizo sentir de golpe el peso y la extensión del mar, a pesar de que no lo veía.

Sonó el teléfono y apareció en la pantalla el nombre de mi hijo pequeño.

—Ha habido un pequeño accidente —dijo.

—Cuéntame.

Dijo que había ocurrido la noche anterior. Que estaba con unos amigos y prendieron fuego sin querer. Habían causado daños, y le preocupaban las posibles consecuencias.

—No tenía sentido llamarte, porque estabas fuera. Pero no he conseguido localizar a papá.

Le pregunté si estaba bien. Le pregunté qué narices había pasado y en qué narices estaba pensando.

—Faye —contestó de mal humor—. ¿Me puedes escuchar primero?

Había ido con otro chico y una chica a pasar la noche en casa de un amigo. Era un bloque de apartamentos con gimnasio y piscina en el sótano. A eso de medianoche, decidieron darse un baño y bajaron con las toallas y los bañadores. Se cambiaron en los vestuarios y, al salir a la piscina, la puerta se cerró y se quedó atascada. El otro chico se había dejado la toalla encima de un radiador. En cuestión de unos momentos vieron por la ventana del vestuario que la toalla estaba ardiendo.

—Vi un limpiafondos, con un mango muy largo, colgado en la pared —dijo—, así que lo cogí, rompí la ventana y conseguí enganchar la toalla y sacarla por el hueco. Había cristales rotos por todas partes, y la piscina se llenó de humo. Saltó la alarma contra incendios y empezó a llegar gente corriendo. Nos gritaron y nos acusaron de vandalismo, y tratamos de explicarles lo que había pasado, pero no nos escuchaban. Los otros dos habían pisado los cristales y estaban sangrando y llorando, porque se asustaron mucho, pero los vecinos no dejaban de gritar. Uno de ellos empezó a decir que sus hijos estaban durmiendo en el piso de arriba, y no paraba de repetir que habría sido un trauma para ellos despertarse en un dormitorio lleno de humo, aunque en realidad no habían llegado a despertarse. Nos tomaron el nombre y la dirección, y dijeron que iban a llamar a la policía. Luego se fueron. Nos quedamos a recoger los cristales, y me pasé una eternidad sacando esquirlas de los pies de los otros dos. Como estaban muy agobiados, al cabo de un rato les dije que se fueran a casa, que yo me quedaría a esperar a la policía. Y estuve esperando un montón de tiempo, pero la policía no apareció. Me quedé toda la noche esperando, y al final me fui al colegio.

Se echó a llorar.

—Me he pasado todo el día temiendo que alguien viniera a sacarme de clase —dijo—. No sé qué hacer.

Le pregunté si estaba permitido nadar en la piscina de noche.

—Sí —gimoteó—. Todo el mundo lo hace. Y no fue culpa nuestra que se cerrara la puerta, porque mi amigo me dijo que estaba rota y que tenían previsto arreglarla. Sé que fue una estupidez dejar la toalla encima del radiador, pero no había ningún cartel y no se nos ocurrió que pudiera arder. No sé por qué no vino la policía. Casi lo hubiera preferido, porque ahora no sé qué hacer.

—No ha ido —contesté— porque no habéis hecho nada malo.

Se quedó callado.

—En realidad —dije—, deberías felicitarte. Fue una buena idea coger el limpiafondos. De lo contrario podría haber ardido todo el edificio.

—He escrito una carta —dijo entonces— a la hora del recreo. Para explicar todo lo sucedido. He pensado llevarla y dejarla en la piscina, para que la gente la lea.

Hubo un silencio.

—¿Cuándo vuelves a casa? —preguntó.

—Mañana.

—¿Puedo irme contigo? —dijo. Y añadió—: A veces tengo la sensación de que estoy a punto de caerme por un precipicio, y de que abajo no hay nada ni nadie para recogerme.

—Estás cansado. Te has pasado la noche en vela.

—Me siento muy solo. Y al mismo tiempo no tengo intimidad. Todo el mundo actúa como si yo no estuviera. Podría hacer cualquier cosa, podría cortarme las venas y ni siquiera se enterarían, o les daría igual.

—No es culpa tuya.

—Me hacen preguntas, pero no conectan las cosas. No las relacionan con cosas que ya les he contado. Todo son datos sin sentido.

—No puedes contar tu historia a todo el mundo —dije—. Quizá solo puedas contársela a una persona.

—Tal vez.

—Ven cuando te apetezca —dije—. Tengo muchas ganas de verte.

El cielo se había puesto de un tono rojo apagado y la brisa balanceaba las hierbas que crecían entre las dunas. El paseo entarimado estaba desierto, y lo seguí hasta una parte de la playa descuidada y cubierta de basura, donde el mar rompía contra el escalón que formaba la arena en la orilla. El viento soplaba allí con más fuerza y las dunas proyectaban sus sombras montañosas y alargadas sobre la arena gruesa y gris. Vi siluetas de gente entre las sombras, agazapadas, sentadas o de pie. Casi todas estaban en parejas, quietas, o se movían íntimamente como absortas en una tarea primitiva. Un poco más adelante había una hoguera hecha con la madera arrastrada por el mar, y el viento se llevaba las volutas de humo. Había más siluetas alrededor de la hoguera, fumando, y las brasas de sus cigarrillos perforaban de puntos anaranjados la luz crepuscular. De vez en cuando me llegaba el murmullo de una conversación que enseguida se borraba con el viento y los golpes de las olas.

Eché a andar por la playa entre las siluetas. Eran hombres, desnudos o cubiertos con un simple taparrabos. Algunos parecían poco más que niños. Casi todos se callaban al verme y volvían la cabeza o hacían como si no me vieran, aunque un par de ellos se quedaron mirándome con aire ausente. Un chico de una belleza deslumbrante me miró un momento a los ojos y apartó la mirada, escondiendo tímidamente la cara en el hombro de su musculoso compañero. Estaba arrodillado, y le vi las nalgas redondeadas debajo de la mano grande del otro hombre. Seguí andando y pasé por delante de los que estaban reunidos alrededor de la hoguera, que se volvieron a mirarme como animales sorprendidos en una arboleda. La extraña luz rojiza se había extendido por el cielo como una mancha enorme teñida de amarillo y de negro. A lo lejos, entre la bruma de las olas, se adivinaban vagamente los edificios del muelle y los barrios periféricos. Llegué a una parte de la arena vacía y empecé a desnudarme. A unos metros de allí, el mar se levantaba y se arremolinaba, rebosante e inquieto, veteado de rojo y de gris. El viento era más fuerte a este lado de las dunas, y notaba en la piel una especie de llovizna de arena. Me acerqué a la orilla y me abrí paso entre las olas. El escalón era tan grande que la masa de agua en movimiento me succionó al instante con una densidad y una fuerza que me permitían flotar sin ningún esfuerzo al compás de sus ondulaciones. Los hombres me observaban. Uno de ellos se levantó. Era enorme y corpulento, con la barba negra, grande y rizada, la panza redondeada y unos muslos como jamones. Se acercó a la orilla despacio, con una sonrisa, los ojos fijos en los míos y unos dientes blancos que brillaban levemente entre la barba. Lo miré desde donde estaba suspendida en el agua, subiendo y bajando. Se detuvo justo al llegar donde rompían las olas, desnudo como un dios, resplandeciente y sonriendo con sorna. Luego se agarró el pene gordo y empezó a mear en el agua. El chorro era tan abundante que formó un surtidor grande y reluciente, como si lanzara al mar un cordón de oro. Me miró con unos ojos negros y llenos de perverso placer, y siguió soltando el incesante surtidor dorado hasta que pareció imposible que pudiera quedarle una sola gota. El mar me sostenía y me levantaba como si estuviera acostada en el pecho de un ser jadeante mientras el hombre se vaciaba en sus profundidades. Lo miré a los ojos, crueles y alegres, y esperé a que terminase.

«Cuestiona todo, aprende algo, pero no esperes ninguna respuesta.»
EURÍPIDES

Desde LIBROS DEL ASTEROIDE queremos agradecerle el tiempo
que ha dedicado a la lectura de *Prestigio*.
Esperamos que el libro le haya gustado y le animamos
a que, si así ha sido, lo recomiende a otro lector.

Al final de este volumen nos permitimos proponerle otros títulos de
nuestra colección.

Queremos animarle también a que nos visite
en www.librosdelasteroide.com y en www.facebook.com/librosdelasteroide,
donde encontrará información completa y detallada sobre todas nuestras
publicaciones y podrá ponerse en contacto con nosotros
para hacernos llegar sus opiniones y sugerencias.
Le esperamos.

«Rachel Cusk pertenece a ese grupo de escritores que podrían hacer de su lista de la compra una lectura fascinante. (...) Una autora de una inteligencia casi feroz.»
Begoña Gómez (La Vanguardia)

«Cusk es capaz de construir relatos en los que la soledad, la maternidad, la escritura y el sexo —o su ausencia— se entremezclan y confunden. Y de ese desorden surge una belleza extrañamente perturbadora.»
Xaime Martínez (PlayGround)

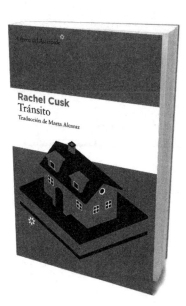

«Cusk escribe con una proximidad que es seductora y crea adicción.»
Jordi Puntí (El Periódico)

«En el chorro del discurso, de toda esa gente que habla y habla sin cesar dando vueltas en torno a unos pocos, nada misteriosos problemas (¿alguien nos ama en realidad?, ¿conocemos alguna vez de verdad a los otros?, ¿en qué o en quién podemos confiar?), Cusk halla un precioso material de reflexión.»
Ricardo Menéndez Salmón (La Nueva España)